KB077811

MONSTER HOLE

FUSION FANTASTIC STORY

몬스터 홀

킹메이커 장편 소설

몬스터 홀 3

킹메이커 장편 소설

초판 1쇄 찍은 날 § 2014년 12월 10일
초판 1쇄 펴낸 날 § 2014년 12월 17일

지은이 § 킹메이커
펴낸이 § 서경석

편집부장 § 권태완
편집책임 § 한준만

펴낸곳 § 도서출판 청어람
등록번호 § 제387-1999-000006호
등록일자 § 1999. 5. 31
어람번호 § 제1-1999호

주소 § 경기도 부천시 원미구 부일로 483번길 40 서경B/D 3F (우) 420-822
전화 § 032-656-4452 팩스 § 032-656-4453
http://www.chungeoram.com
E-mail § chungeorambook@daum.net

ISBN 979-11-04-90016-7 04810
ISBN 979-11-316-9279-0 (세트)

MONSTER HOLE

FUSION FANTASTIC STORY

몬스터 홀

킹메이커 장편 소설

3

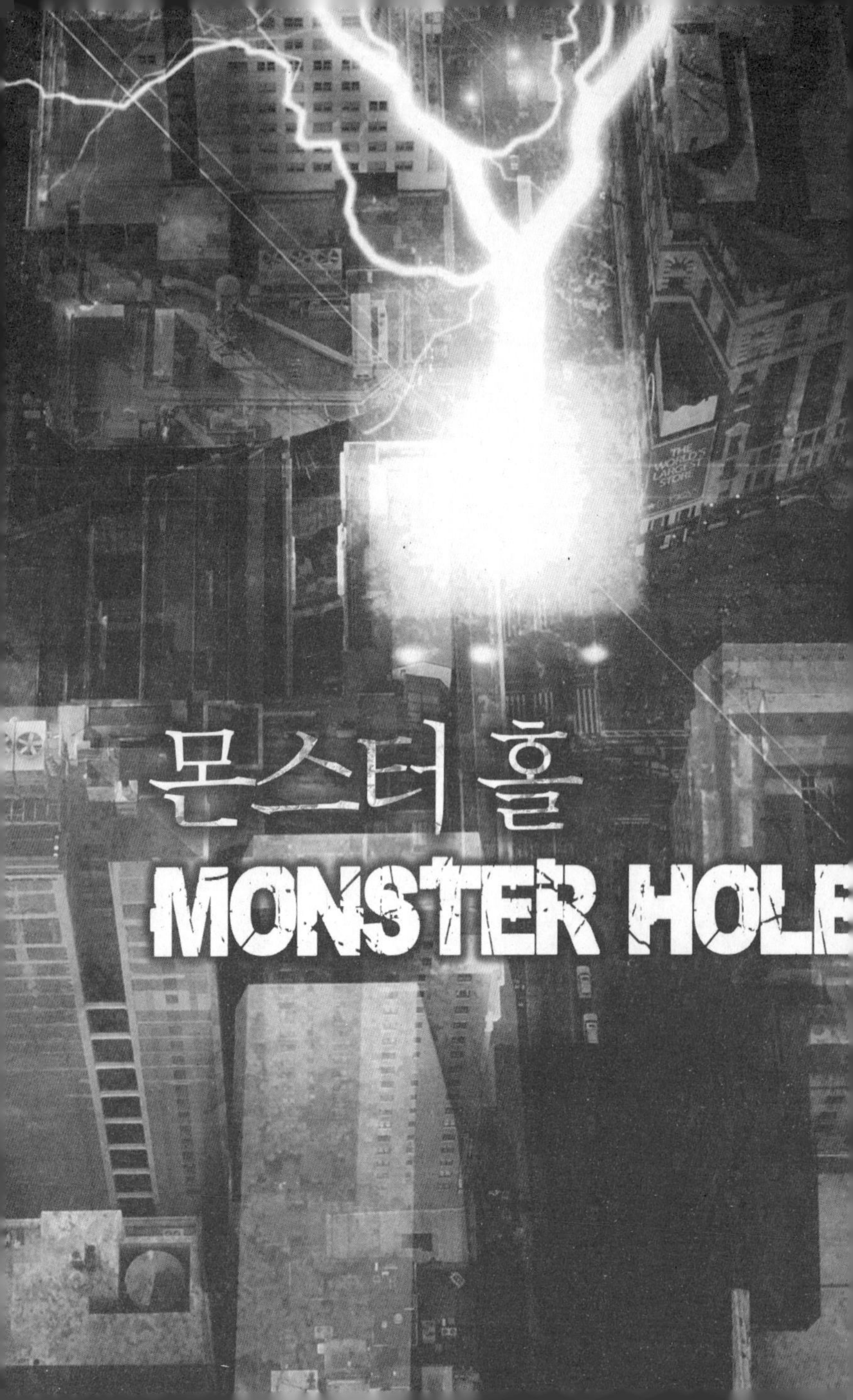
몬스터 홀
MONSTER HOLE
THE WORLD'S LARGEST STORE

CONTENTS

제1장
도전

　정신을 차린 일행은 모두 멍하니 있었다. 이상한 언어로 보스 존이라 말하는 소리를 못 들은 사람은 없었다.

　성준은 정신으로 차리고 우선 주위를 둘러보았다. 돌로 이루어진 석실이다. 무슨 피라미드나 신전에 들어온 것 같았다. 바닥에는 다른 곳의 시작 지점에서 본 문양이 바닥에서 둥글게 빛나고 있었다. 보스 존의 시작 지점인 모양이다.

　주위의 안전을 확인한 성준은 모두에게 진심으로 사과했다.

"죄송합니다. 제가 마지막 몬스터를 잡지 않았으면 되었는데 실수했습니다."

그제야 정신을 차린 사람들은 오히려 성준을 위로했다.

"그거야 다 같이 결정한 것이잖아요. 조합장님은 잘못 없어요."

"조합장 오빠이 잘못 아니에요. 우리는 조합장 오빠 편이에요"

"그럼요."

"그래요."

"성준 씨 덕분에 여기까지 왔어요. 아무도 성준 씨한테 뭐라 하는 사람 없어요."

"오빠는 잘못 없어요. 사과 안 해도 돼요."

여성들은 모두 한목소리로 성준의 편을 들었다. 성준은 고마웠다. 하지만 호칭은 좀 통일해 주었으면 싶다.

남성들은 성준을 지나가면서 성준의 어깨를 툭툭 두드렸다. 별로 말이 필요 없는 상황이었다.

그렇게 모든 일행이 성준의 앞에 모여 성준이 다음 말을 하기를 기다렸다.

"감사합니다, 여러분."

성준은 다시 한 번 감사의 마음을 전하고 말을 이었다.

"이제 보스 존에 들어오게 되었습니다. 우선 우리 전력을 최대로 올려놓고 보스 존을 깨야 할 것 같습니다. 귀환 기둥에 쓰여 있는 글을 보아서는 보스를 격퇴해야 나갈 수 있다고 합니다."

성준은 말을 이었다.

"그래도 귀환 지점에서 상대한 몬스터들의 마지막 몬스터 난이도가 그리 높지 않은 걸 보아 이곳 보스도 충분히 공략 가능할 것으로 보입니다."

성준은 일행에게 희망을 불어넣어 주기 위해 노력했다.

"그래서 의견을 좀 모으고 싶습니다. 지금 저에게 여기 들어올 때 구한 세 개의 구슬이 있습니다.

성준은 구슬 세 개를 꺼냈다.

―영기보석 마비 침 레벨 1.

―레벨 1 영기 성장치 100 진입자를 레벨 2 마비 침 능력 검투사로 만듦.

―레벨 1 진입자와 레벨 2 검투사의 영기 성장치를 증가시킴.

―적용 방법: 먹기.

성준은 영기 분석으로 내용을 확인해 보고 떨떠름한 얼굴로 모두를 보았다. 성준의 앞에는 벌써부터 간절한 눈빛으로 성준을 바라보고 있는 1레벨의 조합원들이 있었다.

"여러분에게 안 좋은 소식이 있습니다."

성준의 표정에 사람들은 설마 하는 표정이 되었다.

"우리가 잡은 몬스터는 마비독이 있는 침을 실에 묻혀서 쏘는 몬스터였습니다. 실을 쏘는 것은 그 몬스터의 기본적인 능력인 것 같고 남은 것은 마비 성분이 담긴 침인데……."

여성들의 귀에 하늘이 무너지는 소리가 들렸다.

"그럼 먹으면 침에 마비독이 생긴다는 것 아니야. 말도 안 돼."

보람은 어이없어했다.

"하.하.하."

"어떻게 해. 갈수록 나쁜 것이 나오네."

헤라는 허탈한 웃음을 지었고, 하은은 울상이 되었다.

"그 구슬을 먹어 레벨이 오르면 많이 싸워서 숫자가 높아지기 전에는 약하다면서요."

"맞아요. 지금 제일 강한 상태로 싸워야 해요. 애먼 구슬 먹었다간 몸만 버려요."

"응, 응."

여고생 3인방은 금방 안 먹는 방향으로 이야기를 몰고 갔다.

"우선 정찰부터 하고 이야기하지."

호영마저도 같은 의견이었다.

당장 먹어야 할지도 모른다는 생각에 모두의 의견이 모아졌다. 식욕을 의지가 이기는 순간이었다.

성준은 2레벨 구슬도 우선 봉인하기로 했다. 역시 먹었다가 혹시나 약해지면 곤란했다.

"그럼 우선 제가 정찰을 다녀오겠습니다."

일행은 성준의 말에 동의했다. 성준은 짐을 내려놓아 몸을 최대한 가볍게 하고 일행을 둘러보았다. 그리고 앞에 보이는 통로를 속보로 이동했다.

통로는 빛나는 돌이 마치 등처럼 중간중간 박혀 있었다. 바닥과 벽은 잘 다듬어진 돌로 이루어져 있었다.

성준은 어느덧 통로의 끝에 도착했다. 그곳은 체육관 몇 개나 되는 크기의 거대한 신전이었다.

성준의 앞에는 색이 다른 돌이 길처럼 앞으로 깔려 있고 그 옆으로 큰 기둥이 나란히 서 있었다. 그리고 사방 벽에는 여러 가지 문양이 그려져 있었다.

색이 다른 돌길 끝에는 낮은 계단이 있었고 그 위에 거대한 의자가 하나 있었다.

그곳에는 양쪽 머리에 거대한 뿔이 달린 3미터 정도 되는 몬스터가 앉아 있었다.

몬스터는 양처럼 생긴 머리에 뿔을 두 개 달고 있었고, 몸은 검은색의 윤기 나는 털로 덮여 있었다. 하지만 털로도 가릴 수 없는 근육의 움직임이 이렇게 멀리 떨어진 성준에게도 느껴질 정도였다. 몬스터는 눈을 감고 의자의 손잡이에 한 손을 올리고 있었다. 마치 자는 듯한 모습이다.

성준은 바로 영기분석을 사용했다.

―XXX 아바타.

―X등급.

―XXX의 던전 관리용 아바타.

―약점: XXX XXX.

―본체: XXX.

―대상의 본체 능력에 의해 정보가 일부분―――

삐익!

"컥!"

성준은 머리를 해머로 한 대 맞은 느낌이 들었다. 상대편 몬스터에게 간파당한 것 같았다.

몬스터의 움직임이 달라졌다. 손잡이에서 손을 내리고 자세를 바로 했다. 마치 잠에서 깨는 것 같았다. 성준은 바로 물러서기로 했다.

성준은 최대한 빠르게 일행이 기다리고 있는 시작 지점으로 돌아갔다.

그곳에서는 일행 모두가 긴장이 되는지 쉬지도 못하고 성준을 기다리고 있었다. 성준은 일행에게 다가가서 정찰한 내용을 이야기해 주었다.

"한 500미터 정도 가면 큰 석실이 나옵니다. 체육관 세 개 정도 되는 크기인데 반대쪽 벽에 보스로 보이는 몬스터가 쉬고 있습니다. 몬스터가 정신을 차리는 듯해서 물러섰습니다."

그리고 성준은 몬스터의 생김새에 대해 모두에게 이야기해 주었다.

일행 모두는 작전 회의를 했다. 구슬에 대해 이야기가 나왔지만 반대가 많아 결국 이 상태로 가기로 했다.

모두 굳은 표정으로 장비를 확인했다. 쇠뇌를 사용하던 여성들은 화살의 양이 부족해 더욱 표정이 굳어 있었다. 명중률이 떨어지니 사용량이 많았던 것이다.

"모두 준비가 끝났나요?"

성준은 모두를 둘러보았다.

하은과 그녀의 친구들, 보람, 미영, 그리고 여고생 3인방, 정주호 교관, 호영과 재식 모두에게 눈을 맞춘 후 성준은 강하게 외쳤다.

"갑시다! 귀환자 조합 보스 레이드 시작합니다!"

일행은 통로로 진입했다.

여러 명의 발이 울리는 소리가 벽을 타고 통로 전체로 퍼져 나갔다. 다들 낯선 소리에 신경이 날카로워졌다. 몇몇 사람은 앞사람의 그림자에 움찔 놀라기도 했다.

너무나 조용해 음침하기까지 한 통로를 지나 일행은 보스가 있는 큰 석실에 도착했다. 석실은 성준의 말대로 엄청 거대했다.

그리고 일행의 반대쪽 끝 의자에 보스 몬스터가 앉아 있었다.

"자, 갑시다."

성준은 일행을 이끌고 앞으로 나아갔다. 모두 무기를 잡은 손에 힘을 주고 조심스럽게 이동했다.

성준과 정 교관이 가운데 서고 양옆엔 재식과 호영이 방패를 들고 있다. 그 옆으로 헤라와 다희가 반걸음 정도 뒤에 방패를 들고 따라가고 있고, 이들의 뒤쪽으로 쇠뇌와 양궁을 든 여성들이 따라왔다.

석실의 중앙 정도까지 왔다. 방패를 든 사람들이 다른 손에 창을 만들어냈다.

그때 반대편에 있는 보스 몬스터가 몸을 바로 하더니 눈을 떴다. 그리고 자리에서 일어나 몸을 풀기 시작했다. 온몸의 근육이 크게 움직였다.

일행은 긴장감에 움직임이 멈추었다.

"침착해요. 우린 할 수 있어요."

성준은 다시 한 번 일행의 주의를 환기했다. 일행은 굳었던 몸을 다시 움직이기 시작했다.

몬스터가 일어서자 거의 4미터 정도 되어 보였다. 몬스터는 한쪽 손을 들어 머리의 뿔을 한 번 쓰다듬더니 일행을 바라보았다. 그리고 일행이 처음 듣는 언어로 한마디 했다.

"죽어라!"

온 석실을 울리는 저음으로 이렇게 말한 몬스터는 한 손을 앞으로 하고 위에 아래로 손을 내렸다.

웅! 웅! 웅!

그러자 석실 바닥 수십 곳에 문양이 그려졌다.

그 문양이 빛나자 검은 연기가 문양 위로 뭉치더니 몬스터의 형상으로 변하기 시작했다.

"모두 원형진으로!"

정 교관이 소리쳤다. 일행은 장거리 무기를 가진 사람을 안쪽으로 해서 원형진을 구축했다.

방패를 앞쪽으로 내밀고 방패 옆으로 창을 내밀었다. 그리고 방패 사이사이에 여성들이 쇠뇌와 활을 들고 사방으로 겨누었다.

검은 연기는 이제 완전히 몬스터로 변해 있었다. 몬스터들은 모두 괴성을 질렀다.

카르륵!

쿠아아악!

크릉!

몬스터 모두는 이곳 던전에서 본 몬스터들이었다. 거미형, 공룡형, 사마귀형 등 다양한 1레벨, 2레벨 몬스터들이 일행을 향해 접근했다. 다행히 엘리트 몬스터는 보이지 않았다.

생성된 몬스터의 숫자는 30마리가 넘어 보였다.

"사격!"

정 교관이 소리를 질렀다. 화살들은 일격 필살의 기세로 날아갔다.

이미 질리게 싸워온 몬스터들이다. 약점은 눈에 훤했다. 화살은 머리와 몸통 등 각 몬스터의 약점을 정확히 맞췄다.

슈슈슈슛!

푹푹!

사방에서 몬스터가 화살에 맞아 나뒹굴었다. 하지만 그런 몬스터들을 무시하고 다른 몬스터들은 일행을 향해 달려들었다. 방패를 잡은 사람들은 방패를 굳게 들었다. 그리고 몬스터들은 그들의 방패에 충돌했다.

"버텨! 밀리면 끝이야!"

정 교관의 외침에 방패진은 악으로 몬스터들을 버텨냈다. 재식은 능력을 사용해 몬스터를 튕겨냈지만 다른 몬스터가 바로 그 자리를 차지했다.

성준과 정 교관은 방패 사이에서 창과 칼을 몬스터들에게 찔러 넣었다. 몸체가 단단한 몬스터는 성준이 절단강화를 검에 걸어 찔렀고, 덩치가 큰 몬스터는 정 교관이 창을 잠깐 사이에 수십 번을 찔러 넣어 넘어뜨렸다.

웅! 웅! 웅!

그렇지만 일행의 노력은 금방 무용지물이 되었다. 쓰러진 몬스터만큼 문양이 다시 생성되더니 다시 그만큼의 몬스터를 만들어냈다.

성준이 그 모습을 보고 외쳤다.

"이대로는 소용없어요! 보스에게로 갑시다!"

일행은 성준의 말에 원형진을 보스에게로 이동하기 시작했다. 사방에서 몬스터가 공격해 왔고 일행은 필사적으로 막아냈다. 쇠뇌의 화살이 떨어지자 그녀들은 창을 생성해서 창으로 몬스터들을 찌르기 시작했다.

일행은 온몸에 몬스터의 피를 맞으면서 보스의 근처까지 접근할 수 있었다. 보스는 그런 일행을 물끄러미 바라만 보고 있었다.

"지금!"

성준이 소리쳤다.

보스 몬스터의 정면에 있던 호영이 몸을 옆으로 피했다. 그 사이에서 성준이 능력을 사용해서 보스를 향해 날았다.

그리고 그 뒤에 있던 정 교관이 창을 뒤로 당기더니 빛을 가득 먹은 창을 보스를 향해 던졌다.

성준이 보스에게 거의 다가왔을 때 창이 성준을 지나쳤다.

성준과 정 교관이 합작한 작전이다. 창이 먹히면 그것으로 좋고 창이 보스를 방해만이라도 해준다면 성준이 검으로 끝장낸다는 작전이었다.

창이 성준을 지나 보스 몬스터에게 부딪쳤다

콰광!

창이 큰 폭음을 내며 보스에게 부딪쳤다. 그러나 허망하게 힘없이 튕겨 나갔다. 성준은 이를 악물고 검에 절단강화를 걸고 보스의 몸에 부딪쳤다.

텅!

검으로 보스 몬스터의 가슴을 뚫기 위해 노력했지만 그대로 성준과 함께 튕겨 나갔다.

"젠장!"

그제야 보스 몬스터가 움직이기 시작했다. 보스 몬스터는 한 손을 앞으로 가리켰다. 손에서 빛이 나기 시작했다. 그리고 잠시 뒤 빛이 손에 모이더니 그대로 사람 몸통만 한 빛이 쏘아졌다.

슈우욱! 과광!

재식이 급하게 방패 능력으로 막았지만 빛은 재식을 그대로 밀어붙였고, 재식은 다른 사람들과 함께 나뒹굴고 말았다. 미영이 급하게 주위 사람들을 밀고 영기화를 걸었지만 모두를 구할 수는 없었다.

"아악!"

일행의 한쪽에서 비명이 터져 나왔다. 다희가 옆구리를 잡고 비명을 지르고 있었다. 빛이 다희의 방패를 뚫고 옆구리를 훑고 지나간 모양이다. 다희의 옆구리를 잡은 손 사이로 피가 뿜어져 나오고 있었다.

성준은 바닥을 구르다 겨우 일어나 그 모습을 보았다.

"모두 후퇴! 시작 지점으로 갑니다!"

그리고 일행을 향해 덤비는 몬스터에게 칼을 휘두르며 뛰어갔다.

그 뒤는 그야말로 격전 속에 후퇴였다. 다희를 둘러업고 호영이 앞을 달렸고, 다른 사람들이 그 뒤를 따르며 창으로 쫓아오는 몬스터들을 미친 듯이 찔러댔다.

재식과 정 교관, 성준이 활의 엄호를 받아 통로까지 쫓아오는 몬스터들을 끝까지 막아냈다.

결국 이들은 시작 지점으로 돌아올 수 있었다.

온몸에 자신의 피와 적의 피를 뒤집어쓴 사람들은 자신의 상처는 생각지도 않고 다희의 주위로 몰려들었다.

다희는 정신을 잃었다. 시작 지점에 놓아둔 군장에서 정 교관이 구급 키트로 치료를 하였지만 피를 너무 많이 흘렸다. 빠른 시간 안에 병원에 가야 할 것 같았다.

성준은 주위를 둘러보았다.

다들 피곤한 와중에 다희 걱정으로 이를 악물고 있었다.

성준이 모두에게 이야기했다.

"이제 대안은 없습니다. 이대로 있으면 다희 씨가 위험합니다. 모두 좀 쉰 다음 다시 공격할 것입니다. 이제 남은 것을 모두 사용하죠."

성준은 주머니에서 구슬 네 개를 꺼냈다. 1레벨 영기보석 세 개와 2레벨 영기보석 하나였다.

성준은 주위를 둘러보고 동의를 구했다. 모두 동의했다.

성준은 다시 한 번 다른 방법이 없나 생각해 보았다. 그리고 2레벨 영기보석을 입에 넣었다.

구슬이 성준의 목을 타고 내려갔다. 성준은 시야가 아찔해지는 것을 느꼈다. 하은이 성준에게 다가와서 뭐라고 하는 것 같은데 성준에게는 아무 소리가 들리지 않았다. 성준은 무릎에 손을 올리고 머리를 숙였다.

온몸에 불이 붙는 것 같다. 온몸의 세포 하나하나가 불타는 것 같다.

성준은 이를 악물었다. 한 번 경험해 본 그때보다 고통이 더 큰 것 같았지만 참아내야 했다. 다른 사람이 보기에는 오 분, 본인이 생각하기에는 몇 시간이 지났다.

그제야 고통이 사라지고 온몸에 청량감이 들기 시작했다. 다시 새로운 세포가 온몸에 퍼지고 있는 것 같았다. 성준은 다시 정신이 들어 굽히고 있던 허리를 폈다. 주위의 소리가 들려오기 시작했다.

"오빠, 괜찮아요?"

하은이 성준을 애타게 부르고 있었다. 성준은 표정을 풀고 하은에게 괜찮다고 손을 흔들었다. 잠시 몸을 움직이자 그제 야 안정이 되는 느낌이다.

성준은 영기분석을 사용해서 팔목을 확인했다.

―검투사 정보.
―영기 레벨 3.
―영기 성장치 0.
―영기 99.
―영기분석 레벨 2, 고속 저중력 이동 레벨 2, 허공 도약 레

벨 1.

　―영기화된 미합중국 군용 쇠뇌, 영기화된 발렌제국 제식
장검―각성.

　―영기 능력치 160.

성준은 뜻밖의 추가된 정보에 놀랐다. '영기 능력치' 라는
새로운 정보가 나타난 것이다.

"이제 3레벨이 된 거죠?"

하은의 말에 성준은 고개를 들어 하은을 바라보았다.

　―진입자 정보.

　―영기 레벨 1.

　―영기 성장치 100.

　―영기 100+100.

　―영기 능력치 200.

성준은 어이가 없었다. 이제는 다른 귀환자들의 정보도 보
이는 것이다. 성준은 다른 사람도 확인했다.

　―검투사 정보.

　―영기 레벨 2.

─영기 성장치 37.

─영기 137.

─철벽 레벨 1.

─영기 능력치 167.

　재식의 정보이다. 성준은 갑자기 폭증한 정보에 정신이 없었다. 성준은 하은을 잠시 기다리게 한 후 생각을 정리했다.

　'우선 레벨이 3으로 올랐어. 그리고 기존 능력이 2로 오르고 새로운 능력이 생겼어.'

　여기까지는 성준도 이해하기가 쉬웠다.

　'다음은 능력치라는 새로운 정보가 추가되었고. 이 능력치란 건 그 사람의 힘 같은 것을 나타내는 것 같다. 기본이 100이고 거기에 영기 성장치가 더해지는 모양이군. 레벨이 올라갈수록 30씩 올라가고.'

　이 부분은 가까스로 통과했다.

　'그리고 다른 사람의 정보가 보인다라……. 하긴 몬스터 정보가 보이는데 귀환자 정보도 보이는 것이… 당연할 리가 있나?'

　성준은 한숨을 내쉬었다. 어쨌든 보스의 정보를 다시 확인해 볼 수 있을지도 몰랐다.

성준은 자신의 나머지 능력은 전투 중에 확인해 보기로 했다. 성준은 쉬고 있는 여고생 세 명을 불렀다.

"지금 너희들만 화살이 남았어. 이 능력은 너희에게 필요할 것 같아. 어서 가져가렴."

성준은 여고생들에게 각각 구슬을 건네주었다. 성준은 구슬을 마지막으로 확인했다.

─영기보석 마비 침 레벨 1.

─레벨 1 영기 성장치 100 진입자를 레벨 2 마비 침 능력 검투사로 만듦.

─레벨 1 진입자와 레벨 2 검투사의 영기 성장치를 증가시킴.

─적용 방법: 먹기.

세 사람은 모두 울먹이는 표정으로 구슬을 받아 억지로 입에 넣었다. 그리고 세 사람 모두 고통을 참느라 몸을 떨었다. 다른 여성들이 다가와 여고생들을 감싸주었다.

잠시 뒤 안정이 된 미리에게 영기분석을 사용해 보았다.

─검투사 정보.

─영기 레벨 2.

―영기 성장치 0.

―영기 100.

―마비 침 레벨 1.

―영기 능력치 130.

레벨 2가 되었다.

"아, 난 망했어. 아직 키스도 못해보았는데."

미리가 작은 소리로 울먹였다. 성준은 미리와 친구들을 외면했고, 그녀들은 성준을 원망스럽다는 듯 쳐다보았다.

이제 준비는 끝난 것 같았다. 다른 사람들은 벽에 기대서 잠시나마 쉬고 있었다.

그리고 다희는 옆구리에 붕대를 감은 상태로 누워 있었다. 얼굴은 피가 부족해 하얗게 보였고, 반대로 옆구리의 붕대는 피가 번져 붉게 젖어 있었다.

성준은 모두 둘러보았다. 다들 모습은 엉망이었다. 찢어진 옷에 헝클어진 머리, 이곳저곳 할퀴고 쓸린 자국들. 하지만 모두의 모습은 역전의 용사처럼 보였다.

역시 귀환자들의 체력은 뛰어났다. 잠시 쉬었는데 모두 어느 정도는 회복한 것 같았다.

"이제 다시 공략해 보도록 하겠습니다."

성준의 말에 모두 자리에서 일어났다. 다희에게는 하은이 남기로 했다.

"다들 꼭 필요한 사람들이잖아요. 다희는 제 친구니까 제가 남을게요."

이제 여기 있는 사람 중에 뒤에 숨어서 피하는 사람은 없었다. 모두 하은에게 작별 인사를 하고 보스를 향해 출발했다.

일행은 다시 한 번 통로를 지나갔다. 저번의 통로와 같은 통로지만 느낌이 달랐다. 모두 굳은 표정으로 빠르게 통로를 지나갔다.

다시 도착한 석실은 처음 도착했을 때와 똑같았다. 그 많던 몬스터는 모두 사라지고 반대편 끝에는 보스가 똑같이 지루한 표정으로 앉아 있었다. 이번에는 보스가 잠들지 않은 상태였다. 보스는 일행을 바라보고 있었다.

하지만 바닥에는 이곳저곳 깨진 모습과 흩어진 화살들이 남아 있었다. 이전 전투의 흔적이다.

보스 몬스터는 다른 몬스터를 모두 돌려보낸 모양이었다. 하지만 일행이 접근하면 또 불러낼 것이 분명했다.

성준은 머리가 아플 각오를 하고 다시 보스에게 영기분석을 걸어보았다.

—XXX 아바타.

—3등급.

—XXX의 던전 관리용 아바타 A형.

—절대 방어 레벨 2, 영기 포격 레벨 2.

—약점: 영기 포격 후 일정 기간 절대 방어가 약화됨.

—본체: XXX.

—침착, 흥미.

—대상의 본체 능력에 의해 정보가 일부분 제한됩니다.

보스 몬스터의 정보가 좀 더 늘었다. 머리가 아프지 않은 것이 능력이 상승해서 보스 몬스터의 방어를 이겨낸 모양이다.

영기분석에서 예상보다 좋은 정보가 나왔다. 성준은 보스를 쓰러뜨릴 수 있는 가능성을 보았다. 성준은 일행에게 조용히 작전을 이야기했다.

작전을 이야기한 후 성준이 모두에게 작은 소리로 속삭였다.

"모두 조심스럽게 움직이면서 주위의 화살을 주워요. 아직은 지켜볼 모양이에요."

일행은 조심조심 보스 몬스터를 향해 접근하면서 주위의 화살을 주웠다. 그리고 그 화살을 여성과 여고생들에게 주었다.

성준은 계속 보스 몬스터의 상황을 살펴보았다. 일행이 던 전 가운데에 도착한 순간이다.

보스가 자리에서 천천히 일어나더니 일행에게 처음 듣는 언어로 말했다.

"기다리기가 지루하군. 그만 끝내지."

그러더니 한 손을 까닥 아래로 움직였다.

다시 사방에서 문양이 생기더니 몬스터들이 등장했다.

"모두 원형진!"

정 교관이 소리쳤다. 일행은 모두 원형으로 자리를 잡았 다. 몰아준 화살을 받은 보람과 미영은 쇠뇌를 사방에 겨누었 다. 나머지 여성들은 창을 겨누었다.

열한 명에서 두 명이 빠지니 자리가 많이 비었다. 일행은 서로의 간격을 좀 더 좁혔다.

성준이 미리 등에게 말했다.

"능력은 보스에게만 써."

미리들은 성준의 말에 고개를 끄덕였다.

점점 주위로 몬스터들이 몰려들었다. 그 몬스터들은 어느 한순간 일제히 덤벼들었다.

공중에서 날아들던 거미 몬스터는 쇠뇌를 맞고 떨어져 내 렸다. 모두 한 마리당 화살 하나만 박혀 있는 것이 보였다. 모두 화살을 아끼기 위해 최선을 다했다.

땅을 박차고 앞에서 달려드는 놈들은 공룡처럼 생겼다. 방패진이 방패로 막고 다른 사람들이 창으로 찔렀다. 모두 정확하게 머리를 관통했다.

사방에서 몬스터들이 연기로 사라졌다.

"접근해요!"

성준이 모두에게 소리쳤다. 일행 모두는 성준의 작전을 믿고 주위의 몬스터를 죽이면서 보스에게 접근했다.

보스 몬스터는 이전과 똑같이 움직이는 일행의 모습에 지루함을 느낀 모양이었다.

"이번에는 좀 전보다 더 재미없군."

보스 몬스터는 한쪽 손을 들어 올리며 일행을 가리켰다. 손에 빛이 모였다.

계속해서 보스 몬스터를 살피고 있던 성준이 재식과 호영에게 소리쳤다.

"지금이에요!"

재식이 일행의 앞으로 뛰어나가 방패를 바닥에 비스듬히 박고 방패에 어깨를 기댔다. 호영이 재식의 뒤에서 재식의 몸을 밀어붙였다.

재식은 능력을 있는 힘껏 방패에 밀어 넣었다.

보스 몬스터가 일행을 향해 빛을 쏘았다. 그리고 그 빛은 재식의 방패 능력과 충돌했다. 빛에 충돌한 재식과 호영은 일행 쪽으로 바닥을 쓸면서 밀려났다. 재식과 호영의 악다문 입에서 피가 흘러내렸다.

호영과 재식이 일행과 부딪치기 직전 방패 능력과 부딪친 빛은 위쪽으로 튕겨 올라갔다. 빛이 튕겨 올라가는 순간 호영과 재식은 일행 뒤쪽으로 굴러갔다.

미리와 친구들은 일행이 싸우고 있을 때 중앙에서 조용히 정신을 집중하고 있었다.

그리고 성준이 소리를 지르자 그녀들은 화살통에서 화살을 꺼냈다.

그리고 능력을 활성화시켜서 화살을 입에 물어 침을 가득 묻힌 다음 보스 몬스터를 향해 겨누었다. 그리고 빛이 번쩍이고 호영과 재식이 눈앞에서 사라지자 눈앞에 보스 몬스터의 모습이 보였다.

그녀들은 필사의 마음을 담아 화살을 보스 몬스터를 향해 날렸다.

화살은 보스 몬스터를 향해 일렬로 날아갔다.

순식간에 다가온 화살을 본 보스 몬스터는 화살을 향해 양팔을 휘둘렀다. 그 팔에 두 개의 화살이 튕겨져 나갔다.

하지만 그 화살의 뒤를 따라온 마지막 화살은 보스 몬스터의 가슴에 박혔다.

영기 포격으로 방어막이 사라져 화살은 몬스터의 가슴 깊이 박혔다.

귀찮다는 듯이 화살을 막던 보스 몬스터의 몸이 멈추었다. 몸에 마비독이 퍼진 것이다.

그때 성준은 이미 보스 몬스터를 향해 몸을 날리고 있었다. 성준은 마비가 걸린 보스 몬스터의 옆을 능력을 사용해 날아가면서 절단강화를 가득 건 검을 휘둘렀다.

"크아아앙!"

보스 몬스터가 온몸에 힘을 주고 팔을 휘둘렀다. 보스 몬스터에 걸린 마비가 그 순간 풀려 버렸다. 보스 몬스터는 성준의 검을 팔로 막았다.

보스 몬스터의 팔에서 피가 튀었고, 성준은 반대편으로 날려가 땅바닥에 처박혔다.

하지만 성준의 뒤로 정 교관의 창이 따라오고 있었다. 보스 몬스터는 이것은 피하지 못했다. 창이 보스 몬스터의 가슴에 박혔다.

보스 몬스터는 한 걸음 물러서더니 한쪽 무릎을 꿇었다. 그리고 잠시 뒤 창이 방어막에 밀려 보스 몬스터의 몸에서 튕겨 나오며 창이 박혔던 상처에서 피가 뿜어져 나왔다. 영기 포격으로 사라졌던 방어막이 다시 활성화된 모양이었다.

보스는 무릎을 꿇은 상태에서 가슴을 보더니 손으로 쓰다듬었다. 가슴의 피가 조금씩 줄어들었다.

쓰러진 자리에서 일어나다가 그 장면을 본 성준은 승리의 가능성을 보았다. 보스 몬스터를 잡을 수 있을 것 같았다.

보스 몬스터가 고개를 들고 몸을 일으켰다. 팔과 가슴에서 아직도 피가 흐르고 있었다.

보스 몬스터가 일행을 향해 말했다.

"내가 실수했군. 앞의 말을 취소하지. 매우 재미있다."

보스 몬스터는 이를 드러내면서 으르렁거렸다. 그리고는 온몸을 움츠리면서 등에 힘을 주었다.

잠시 뒤 보스 몬스터의 등에서 검은 연기가 흐르기 시작했다. 연기는 점점 날개의 모습으로 바뀌기 시작했다.

결국 연기는 보스 몬스터의 날개로 변했다.

그리고 등에 날개가 달린 보스 몬스터는 공중으로 날아올랐다.

보스 몬스터가 하늘에서 양손에 빛을 가득 담고 일행을 내려다보면서 말했다.

"이차전이다."

천장까지 서 있는 기둥을 배경으로 보스 몬스터는 공중에 머물렀다. 그리고 보스 몬스터는 한쪽 손을 일행이 모여 있는 곳을 가리켰다. 그 손에 빛이 점점 모여들고 있다.

그리고 빛이 일행을 향해 쏘아졌다.

"젠장!"

재식이 반사적으로 빛이 향하는 방향으로 뛰어들었고, 머리 위로 방패를 들고 최대한 방패 능력을 키웠다.

쾅!

빛은 문양이 빛나는 방패와 함께 재식을 바닥에 깔아뭉갰다. 엄청난 먼지와 함께 재식은 석실의 바닥에 처박혀 기절해 버렸다.

그때였다. 머리 위의 방패가 깨져 나가자 여고생들은 이미 만들어놓은 마비 화살을 날고 있는 보스 몬스터를 향해 일제히 발사했다. 아까 화살을 쳐내는 것을 보고 따로 쏘면 막아낼 것을 알고 있기 때문이다.

보스 몬스터는 다른 쪽 손의 빛도 일행을 향해 쏘려다 아래쪽에서 날아오는 화살을 보고는 옆으로 날개도 흔들지 않고 이동했다.

"뭐야, 저게?"

그 모습을 본 성준은 어이가 없어서 소리쳤다. 그리고 성준은 바로 능력을 사용해 떠 있는 보스 몬스터를 향해 솟구쳤다. 보스 몬스터는 아래에서 솟구치는 성준을 힐끗 보더니 자신도 성준의 속도에 맞춰서 위로 올라갔다.

성준은 위로 올라가다가 한계에 부딪쳐 다시 떨어져 내렸다.

"제길!"

보스 몬스터는 위로 올라가다가 멈춰서 아래를 바라보고 떨어지는 성준을 향해 손을 가리켰다. 손에서 빛이 뿜어져 나오려는 순간, 보스 몬스터의 팔에 창이 스쳐 지나갔다. 보스 몬스터의 팔에서 피가 뿜어져 나왔다. 빛은 손에서 사라져 공기 중에 흩어졌다.

보스 몬스터는 짜증이 나는 얼굴로 일행 사이에 있는 정 교관을 내려다보았다. 그리고 더 이상 공격을 받기가 싫은지 두 손에서 빛을 없애더니 날개를 접고 몸을 정 교관을 향하여 내리꽂았다.

정 교관은 다시 창을 생성해서 손에 쥐고 보스 몬스터가 자신을 향해 떨어지는 모습을 바라보았다.

쾅!

보스 몬스터는 먼지를 만들면서 바닥과 충돌했다. 충돌의 여파에 일행과 다른 일반 몬스터 할 것 없이 바닥에 쓰러져 버렸다. 정 교관은 떨어진 보스 몬스터와 부딪쳤는지 옆쪽의 기둥에 부딪혀 머리에서 피를 흘리고 있었다.

하지만 보스 몬스터도 무사하지는 못했다. 몬스터의 다리에 정 교관의 창이 꽂혀 있었다. 방어 능력 때문에 깊게 꽂히지는 않았지만 내리꽂히는 속도와 정 교관의 능력이 합쳐져 생긴 결과였다.

보스 몬스터는 다리에 박힌 창을 보더니 인상을 찡그렸다. 다리에 박힌 창은 정 교관이 정신을 잃자 다리에서 사라졌다.

이번에 들어온 검투사들은 너무나 위험했다.

보스 몬스터는 다시 날개를 펴고 바닥을 박찼다. 그리고 쓰러진 사람들을 바라보며 천천히 위로 올라갔다. 보스 몬스터는 높은 곳에서 장거리 공격으로 일행을 끝장낼 생각이었다.

보스 몬스터는 주위의 기둥을 배경 삼아 천천히 위로 올라갔다. 이제 거의 석실 천장까지 올라온 보스 몬스터는 손에 다시 빛을 만들었다. 그리고 손을 일행을 향해 조준했다.

한편 바닥에 있는 일행은 사방으로 나뒹굴며 정신을 못 차리고 있었다. 보스 몬스터가 이대로 몇 번만 빛을 쏘아내면 끝날 것 같았다.

보스 몬스터는 빛을 쏘아내기 위해 팔에 힘을 주었다.

"죽어라!"

그때, 보스 몬스터의 옆에서 성준의 목소리가 들리더니 보스 몬스터의 팔이 옆으로 튕겼다. 그리고 빛은 다른 쪽으로 날아가 애꿏게 몬스터들을 날려 버렸다.

성준은 팔을 내려친 반동으로 다른 쪽으로 튕겨져 나갔다. 성준은 튕겨져 나가고 있는 방향에 있는 기둥을 발로 차고 다시 능력을 사용해 보스 몬스터를 향해 쏘아갔다.

조금 전에 보스 몬스터의 높이까지 올라올 수 없던 성준은 기둥에 칼을 꼽고 능력을 반복해서 사용해 기둥의 위쪽에 올라와 기다리고 있었다.

보스 몬스터 위에서 떨어지면서 공격하려고 했으나 보스가 너무 높이 올라오는 바람에 빛 공격을 방해하는 것밖에는 할 수가 없었다.

앞에 있는 기둥을 발로 차고 능력을 사용해 다시 몬스터를 향해 날아들면서 성준은 검을 잡은 손에 힘을 주었다. 이번이 절호의 기회였다.

성준은 보스 몬스터의 앞까지 날아와 절단강화된 검을 보스 몬스터를 향해 휘둘렀다.

칼이 눈앞으로 다가오는 것을 바라보고 있던 보스 몬스터는 위로 솟구치기 위해 비행 능력을 사용했다. 그 순간 보스 몬스터의 팔에 아래쪽에서부터 솟구친 마비 화살이 박혔다.

아래에서 아까의 보스 몬스터의 공격에 의해 쓰러졌던 미리가 겨우 정신을 차리고 가지고 있던 마지막 화살을 입에 물었다가 쏘아 올린 것이다. 이제 일행은 보스를 공격할 수 있는 장거리 무기가 더 이상 존재하지 않았다.

보스는 위로 피하려고 하다가 마비 화살에 의해 덜컥 움직임이 멈췄다. 그리고 그 보스의 몸에 성준의 강화된 검이 내리그어졌다. 보스는 검을 한 손으로 막았다. 절단강화된 검은 막아선 보스의 한쪽 팔을 날려 버렸다.

"크아아아악!"

보스는 공중에서 잘린 팔을 다른 쪽 손으로 잡고 소리를 질렀다. 팔에서 피가 뿜어져 나왔다. 보스는 공중에서 이리저리 휘청거렸다.

성준은 칼로 보스 몬스터의 팔을 날려 버린 후 그 방향에 있는 기둥에 검을 박아 넣고 매달려서 아쉬움에 이를 갈았다. 마침 영기가 다 떨어져서 다시 공격할 수가 없었다.

보스 몬스터는 다른 손으로 잘린 팔을 빛으로 감쌌다. 그러자 잘린 팔에서 나오던 피가 점점 줄어들더니 멈추었다.

보스 몬스터는 기둥에 칼을 박고 매달려 있는 성준을 보고 으르렁거렸다. 하지만 보스 몬스터는 성준에게 바로 달려들지 않았다. 성준은 이상한 생각에 영기분석을 사용했다.

—XXX 아바타.

—3등급.

—XXX의 던전 관리용 아바타 B형.

—영기 포격 레벨 2.

—약점: 영기 포격기 1기 파괴로 절대 방어 능력 상실.

—본체: XXX.

—고통, 분노.

—대상의 본체 능력에 의해 정보가 일부분 제한됩니다.

보스 몬스터도 이제 무적이 아니었다. 성준은 어서 영기가 채워지기를 기다렸다.

보스 몬스터는 다시 침착함을 되찾더니 성준의 반대쪽으로 날아갔다. 그리고 어느 정도 떨어지자 성준을 향해 한쪽 손으로 빛을 쏘아 보냈다.

성준은 날아오는 빛을 보고 인상을 찌푸리더니 조금 남아 있는 영기를 사용해 바로 옆 기둥으로 점프했다. 그리고 빛이 성준이 있던 기둥에 충돌했다.

쾅! 콰르르르릉!

기둥을 직격한 빛은 그대로 기둥을 허물어 버렸다. 기둥이 완전히 무너져 내렸다.

"그걸 노린 거냐!"

다른 기둥에 매달려 있던 성준은 무너져 버린 기둥을 보고 답답해했다. 이렇게 기둥이 파괴되면 공격할 방법이 줄어든다.

　"젠장!"

　성준은 영기가 채워지는 대로 보스 몬스터가 있는 방향의 기둥을 향해 뛰었다. 보스 몬스터도 뒤로 물러서면서 성준을 향해 공격했다. 그리고 둘이 지나가는 족족 성준이 매달렸던 기둥이 무너져 내렸다.

　밑에 있는 나머지 일행과 소환된 몬스터들에게는 대재앙이었다. 일행은 기절하고 부상당한 사람들을 수습해서 통로로 뛰어갔다. 몬스터들은 사방에서 떨어지는 돌에 맞아 족족 연기가 되어 사라졌다.

　결국 성준이 매달려 있는 기둥 하나만 남고 모든 기둥은 돌더미가 되어서 바닥에 깔렸다.

　보스 몬스터는 기둥에 매달린 성준을 보고 씩 웃었다. 단 하나의 기둥에 매달려 있는 모습이 처량해 보인 것 같았다.

　보스 몬스터는 한 번의 점프로는 도저히 닿을 수 없는 거리에서 성준을 향해 팔을 내밀었다. 그러자 손에서 빛이 튀어나왔다.

　성준은 겨우 빛을 피하면서 보스 몬스터를 향해 뛰었다. 보스 몬스터의 얼굴에 비웃는 미소가 피어올랐다.

성준의 비행은 보스 몬스터에게 다가가기 전에 끝났다. 비행 거리의 한계였다.

성준이 아래로 떨어지려고 하는 찰나 공중에서 발을 박찼다. 마지막 남은 영기로 도약을 시도한 것이다. 성준이 끝까지 보스 몬스터에게 숨긴 회심의 일격이었다.

성준은 보스 몬스터의 코앞으로 날아들었다. 보스 몬스터의 얼굴에 당혹감이 피어올랐다. 성준은 절단강화가 걸린 검을 보스 몬스터를 향해 휘둘렀다.

검은 보스 몬스터의 옆구리를 스쳐 지나갔다. 보스 몬스터의 옆구리에서 피가 뿜어져 나왔다. 하지만 아쉽게도 치명상이 아니었다. 마지막 순간에 보스 몬스터가 조금 몸을 튼 것이다.

보스 몬스터는 안도하면서 안 다친 팔로 옆구리를 잡고 떨어지고 있을 성준을 찾았다.

보스 몬스터가 성준을 찾았을 때에는 성준이 다시 보스 몬스터를 향해 날아오고 있었다. 보스 몬스터의 눈이 커졌다.

보스 몬스터는 다른 한 팔을 들어 검을 막았다. 검은 남은 한 팔을 잘라 버렸다.

그리고 보스 몬스터를 지나가면서 몸을 회전하며 성준은 손에 쥔 작은 구슬을 입에 털어 넣었다.

영기회복석이다.

성준은 마지막으로 떨어지는 순간에 영기회복석이 생각나 급하게 입에 넣은 것이다. 영기회복석의 영기 회복 속도와 허공 도약 속도가 아슬아슬하게 시간이 맞았다.

몸을 돌린 성준은 영기가 차는 것을 느끼며 다시 발을 허공에 박찼다.

보스 몬스터는 나머지 팔 한쪽에서도 피를 뿜으면서 허공에 떠서 비명을 질러대고 있었다. 성준은 보스의 정면으로 날아가면서 검에 영기회복석을 가져다 대었다. 회복석이 검에 빨려들었다.

성준은 절단강화가 된 검을 보스 몬스터의 얼굴에 박아 넣었다.

"나도 재미있었다."

성준은 검이 박힌 보스 몬스터에게 이죽거리고 절단강화를 사용해서 검을 아래로 내리그었다. 보스 몬스터는 반으로 갈라져 연기가 되었다. 그리고 그 연기는 성준에게 흡수가 되었다.

떨어지는 성준의 눈앞에서 성준과 같은 속도로 구슬 하나가 떨어지고 있었다. 성준은 떨어지는 와중에 구슬을 챙겼다.

성준은 계속 떨어져 내렸다. 만사가 귀찮았지만 이대로 죽을 수는 없었다. 다시 영기회복석을 입에 넣고 영기가 회복되기를 기다렸다.

겨우 바닥에 닿기 직전 회복된 영기를 사용해서 앞쪽으로 허공 도약을 사용하여 뛰어올랐다. 하지만 낙하 가속도에 의해 겨우 수직으로 떨어지는 것을 면했을 뿐이었다.

바닥은 기둥이 쓰러진 탓에 엉망이었다. 성준은 돌무더기 사이에 몸을 처박을 수밖에 없었다.

겨우 돌무더기 사이에서 얼굴을 드니 통로에서 손을 흔들고 있는 일행이 보였다. 다들 기절하고 깨지고 피를 흘리고 있었지만 죽은 사람은 없어 보였다. 주위에 있던 몬스터들은 보스 몬스터가 사라지자 바로 흔적도 없이 없어졌다.

그리고 던전 전체를 울리는 낯선 언어의 목소리가 있었다.

[던전이 완료되었습니다. 던전을 초기화합니다. 던전 입구가 초기화됩니다.]

일행 각각의 머리 위에 문양이 나타났다. 그리고 모두 흐리게 변해갔다.

성준은 이제야 안도의 한숨을 쉬었다.

그리고 그 순간 여의도 공원 몬스터홀에서 강렬한 빛이 위로 뿜어져 나왔다. 잠시 뒤 구멍 주위의 흙이 무너져 내려 몬스터홀은 파인 자국만 남았다.

그 위로 피곤하고 지친 성준의 일행의 모습이 나타났다. 다행히 붕대에 감긴 다희와 그 옆에서 지키고 있던 하은도 일행 옆에 있었다.

세계 최초로 몬스터홀이 제거되었다.

제2장

회복

일행 모두는 무너져서 움푹 파인 땅 위에 앉아서 멍하니 있다가 한두 명씩 정신을 차렸다. 하늘은 한쪽에서부터 환하게 밝아져 오고 있었다. 새벽이었다.

"다희야!"

하은의 목소리에 성준은 정신이 번쩍 들었다. 성준은 벌떡 일어서서 주변을 바라보았다.

웅덩이 바깥에 어리둥절한 얼굴로 일행을 바라보고 있는 군인의 모습이 보였다.

성준은 그대로 군인에게 달려가면서 소리쳤다.

"구급차! 구급차를 불러요!"

일행이 발을 동동 구르고 있을 때 구급차가 출동해서 다희와 재식 등을 가까운 병원으로 이송했다. 그리고 성준은 전화를 빌려 대기시켜 놓은 차를 불러 나머지 일행도 같은 병원으로 이동했다.

그날 오전 여의도 공원은 그야말로 난리가 났다. 방송국 기자, 해외 기자, 그리고 군인, 정부 관계자들이 쳐들어온 것이다. 하지만 그 시간에 귀환자 조합 사람들은 근처 병원에서 치료를 받고 있었다.

일행은 병원에 다시 입원했다. 이번에는 모두 부상을 당해 입원한 것이다. 그나마 다른 사람들은 타박상 등 부상만 당했지만 보스의 직접적인 공격을 당한 재식과 정 교관은 부상이 상당히 컸다.

더군다나 큰 부상을 당한 후에 시간이 많이 지난 다희는 아직 정신을 못 차리고 중환자실에 입원해 있는 상황이다.

그래서 최초 몬스터홀 제거라는 타이틀에도 다들 표정이 안 좋았다.

다음 날 성준은 이곳저곳에 반창고를 붙인 상태에서 환자복을 입고 조 단장과 만나기 위해 지하 카페로 가고 있었다.

그의 옆에는 보람이 따라가고 있었다.

보람은 터치패드로 조합의 자료들을 확인하면서 성준을 따라가고 있었다. 환자복만 아니었으면 완전히 비서였다.

"다들 좀 어때요?"

"오기 전에 확인했는데 재식 씨와 정 교관님을 제외하면 오늘이라도 퇴원할 수 있을 것 같아요. 다들 회복력은 대단하니까요"

걸으면서 화면을 보던 보람은 터치패드에서 얼굴을 들고 성준에게 대답했다.

"재식 씨하고 정 교관님은 4주 진단이 나왔는데 저희 귀환자들이면 2주면 될 것 같대요"

"다희 씨는요?"

보람의 얼굴이 어두워졌다.

"병원에서는 얼마나 걸릴지 알 수가 없대요. 다친 후 상당한 시간이 지나서 일반인이었으면 살아 있기가 힘들었을 거래요. 우선은 정신을 차리는 것이 급선무예요."

"그나마 영기회복석이 있어서 치료 받을 시간을 벌 수 있겠군요."

"네. 하지만 재식 씨하고 정 교관도 부상이라서 나머지 사람 것을 몰아준다고 해도 두 달 정도가 한계예요."

성준은 보람의 말에 고개를 끄덕였다. 다행히 영기회복석이 큰 도움이 되었지만 그 양이 부족했다.

"다희 씨 식구들은 오셨어요?"

"네, 하은이하고 혜라가 같이 있어요."

성준은 조 단장과 면담이 끝나면 만나봐야겠다고 생각했다.

성준이 지나가는 곳곳에 양복 입은 사람들이 경계를 서고 있었다. 주변의 환자들은 그 모습에 다들 어리둥절해하고 있었다. 하지만 경계를 서는 그 누구도 성준과 보람이 움직이는 데 방해하거나 제한하는 사람은 없었다.

양복을 입은 사람들은 정부요원들이었다. 지금 인터넷이나 방송 등에서는 몬스터홀을 제거한 사람들을 찾느라 난리였다. 어제 차 안에서 성준이 조 단장에게 연락하자 바로 보내준 사람들이다. 지금 조 단장은 조합 일행의 정보를 비밀로 하기 위해 최선을 다하고 있다.

그들은 병원의 지하 카페의 문을 열고 들어갔다. 카페 문에는 금일 휴업이라고 적혀 있었다.

카페 안에는 조 단장과 저번에 본 양 국장이라는 사람이 같이 있었다.

성준은 저번의 만남이 생각나 눈살을 찌푸렸다. 성준의 표정에 양 국장의 표정은 어두워졌다.

"조 단장님만 계실 줄 알았는데요?"

성준은 조 단장과 악수를 하면서 말했다.

"하하하, 정부에서 확인 받아야 할 것도 있고 보상금 지급도 있고 해서 같이 왔습니다."

성준은 그제야 양 국장에게 인사했다.

"반갑습니다."

"네, 반갑습니다."

양 국장은 떨떠름한 표정으로 성준에게 인사했다. 기분이 나쁘지만 표현을 못해서 애가 타는 모양이었다.

보람도 인사를 하고 네 사람이 함께 자리했다.

"그럼 공식적인 이야기를 해볼까요?"

성준은 양 국장을 바라보면서 이야기했다. 양 국장은 성준에게 몇 가지 서류를 꺼내 내밀었다.

"여기 몬스터홀에서 일어난 일과 처리 내용 등을 모두 서술해 주시고요, 본인의 말을 책임지겠다는 사인을 해주시면 됩니다. 그리고 몬스터홀을 본인들이 제거했다는 증명이 될 만한 물건 등이 있으면 처리가 더욱 원만해질 것입니다."

그는 숨이 찬지 물을 한 잔 마셨다.

"그러면 저희들이 개인별 면담 후 위원회에서 인정이 되면 보상금을 지급해 드리겠습니다. 확인이 된다 해도 예상보다 너무나 빨리 벌어진 일이라 보상금 지급은 상당히 늦어질 수도 있습니다. 감안해 주시기 바랍니다."

성준은 양 국장의 말이 끝나자 조용히 양 국장을 바라보았다.

"국장님. 국장님은 전권이 전혀 없으신가요? 단지 전달자로 오신 건가요?"

이야기를 끝내고 다시 물컵을 들던 양 국장의 움직임이 정지했다.

"양 국장님도 지금의 상황은 다 아실 것 같은데 이런 식으로 이야기하시니 궁금해서 하는 말입니다."

양 국장은 들고 있던 컵을 놓고 성준을 바라보았다. 양 국장이 작게 한숨을 쉬고 이야기했다.

"그동안 제가 성준 씨와 이야기를 해왔다고 위에서 저를 보낸 것입니다. 제가 봐도 이 일을 처리하는 것은 제 레벨의 문제가 아니지요. 솔직히 정부는 상당히 혼란스러운 상황입니다. 뭔가 결정되는 것은 적어도 한두 주는 지나야 될 것 같습니다."

양 국장이 조 단장을 힐끗 바라보았다.

"어차피 성준 씨와의 대화 채널은 따로 있는 것 같고요, 저는 우선 보상금 지급에 대한 형식적인 절차로 왔다고 생각하시면 됩니다. 좀 있으면 윗분이 따로 찾아올 것 같습니다."

성준은 터놓고 이야기하는 양 국장을 바라보곤 자신도 물을 한 잔 마시고 이야기했다.

"만약 저희가 이 서류를 거부하면 어떻게 되는 겁니까?"

양 국장은 다시 한 번 움찔했다. 그는 전혀 예상하지 못한 것 같았다. 양 국장은 성준을 바로 보더니 잠시 생각에 잠겼다.

"좀 놀랐습니다. 상당히 큰돈인데……. 만약 성준 씨와 조합 분들이 이 돈을 포기하면 정부에서는 상당히 난감해집니다."

다시 한 번 양 국장은 조 단장을 바라보았다.

"정부와 다시 협상하기 원하신다면 정부와의 대화 채널에 따로 원하는 바를 이야기하시는 편이 좋을 겁니다. 정말 성준 씨는 쉽지 않군요."

양 국장은 고개를 좌우로 흔들었다. 성준은 양 국장의 말에 고개를 끄덕이고는 보람을 봤다. 보람이 성준에게 동의하는 모습을 보이자 성준은 양 국장에게 이야기했다.

"저희 조합은 정부의 보상금 지불을 거부합니다. 다른 협상이 있을 시까지 정부의 요청은 거부하겠습니다."

양 국장은 성준의 이야기에 한숨을 푹 내쉬었다.

"알겠습니다. 그렇게 전하겠습니다. 돌아가서 엄청 깨질 것 같군요."

양 국장은 앞에 내놓은 서류를 정리해 가방에 넣었다. 그리고 성준에게 악수를 청했다. 성준은 일어서서 양 국장과 악수를 했다.

"아무튼 몬스터홀을 처리해 주신 것에 대해 대한민국의 한 사람으로서 진심으로 감사드립니다."

양 국장은 보람에게도 인사를 하고 먼저 자리에서 일어났다. 그리고 문을 열어주는 요원에게 인사한 후 카페 밖으로 나갔다.

"제가 다 식은땀을 흘렸습니다."

조 단장이 성준을 보면서 이야기했다.

"그보다 그 돈 안 받으셔도 괜찮겠습니까? 제 평생 월급보다 많은 돈인데."

성준은 조 단장의 말에 대답했다.

"조 단장님께서는 저희 상황을 아시지 않습니까? 당장 급하지도 않고 앞으로의 일이 더 중요하지요. 이미 의견을 모았습니다."

조 단장은 성준의 말에 고개를 끄덕였다.

"김 회장님의 연락은 받으셨나요?"

"내일 만나기로 했습니다."

조 단장이 말을 이었다.

"아, 맞다. 방송은 보셨나요? 중국에서 자신들이 세계 최초

몬스터홀 공략이라고 떠들고 있는 이야기를요?'

성준도 아침에 인터넷에서 그 이야기를 보았다. 중국은 성준보다 두 시간 늦게 베이징 몬스터홀을 제거하는 데 성공했다. 베이징 외부 던전화 때 코어 던전을 파괴하고 혼자 살아남은 사람을 주축으로 가능한 인원을 베이징 몬스터홀에 계속 진입시켜서 결국 한국과 같은 날에 성공시킨 것이다.

중국은 한국의 공식 발표가 늦은 것을 이용해 자신들이 세계 최초라고 선전하고 있었다.

"제 소식통에 의하면 또 그 외부 던전화 때 혼자 살아남은 그 사람만 살아나왔다고 합니다. 중국에서는 국민적 영웅이 되었다고는 합니다만……."

"그럼 그 사람은 2레벨이겠군요."

조 단장이 고개를 끄덕였다.

"아직 2레벨 귀환자가 있다는 이야기는 공식적으로 유포되고 있지 않습니다. 저희도 비밀로 하고 있고요. 나라마다 숨긴 인원이 있을진 모르지만요."

조 단장이 말을 계속 이었다.

"그 일이야 뭐 별 상관없지만 지금 정부는 거의 난장판입니다. 주력으로 밀고 있던 길성태 씨 회사와의 협력 프로젝트가 30프로의 사망자를 내고 있는 상황에서 떡하니 성준 씨의 귀환자 조합이 몬스터홀을 제거해 버렸기 때문이죠."

조 단장은 농담 삼아 조합 책임을 들먹였다.

"지금 일의 책임 소재부터 대안 마련 문제, 귀환자 조합과
의 대화 채널 문제까지 엉망진창이고요, 더군다나 뜬금없이
여의도 몬스터홀이 사라지는 바람에 기존의 이주 계획과 보
상 문제가 다 쓸데없는 것이 되었지요."

조 단장은 다시 물을 한 잔 마셨다.

"지금 반 토막 났던 여의도 부동산 가격이 하루 사이에 하
늘을 찌르고 있습니다. 아마 주위 지역보다 더 높아질 것이라
고 난리입니다."

"예? 그래도 몬스터홀이 있던 지역인데요?"

"누군가가 몬스터홀이 제거된 지역은 절대 안전하다는 소
문을 뿌리고 있기 때문이죠."

성준도 그 누군가가 누군지 알 수 있을 것 같았다.

"양 국장의 말처럼 지금 다른 쪽에서 저에게 엄청난 압력
이 들어오는 중입니다. 제가 귀환자 조합 담당이라서요. 뭔가
전달하지 않으면 안 되는 상황입니다. 높은 분이 오기 전에
뭔가 이야기할 거리를 전달해야 하지요. 아, 그리고 어제 이
후로 귀환자 조합 모든 인원은 저희들이 계속 보호하고 있습
니다. 앞으로 원하신다면 개인의 프라이버시는 꼭 지켜드리
겠습니다."

말을 이어가려는 조 단장에게 전화가 왔다. 전화번호를 확인한 조 단장은 성준에게 양해를 구하고 전화를 받았다.

조 단장은 심각한 표정으로 한참을 통화하더니 전화를 끊었다.

"죄송합니다. 이야기 도중에."

"괜찮습니다. 그런데 중요한 전화인가 보네요."

"네. 아, 성준 씨에게 물어봐야겠네요."

조 단장은 성준을 바라보며 이야기했다.

"얼마 전에 일본 도쿄에 몬스터홀이 생긴 것을 알고 계시죠?"

성준은 몬스터홀에 진입하기 전날 텔레비전에서 본 화면을 생각해 냈다. 성준이 고개를 끄덕였다.

"그 몬스터홀이 문제인데, 일본 정부가 도쿄 몬스터홀의 연장을 위해 귀환자들은 진입시키려고 했지만 모두 실패했다고 합니다. 몬스터홀 문양이 전혀 반응하지 않는다고 합니다. 지금 원인을 알 수 없어서 각국 정보국에 연락을 넣는 모양입니다."

조 단장은 자신을 가리켰다.

"제가 귀환자 조합 담당이라서 연락이 온 거고요."

성준은 텔레비전에서 본 문양을 다시 생각해 보았다. 확실히 도쿄 몬스터홀은 2레벨 몬스터홀이었다.

"혹시 일본은 2레벨 귀환자가 없나요?"

"아마 없을 걸요? 일본은 그동안 몬스터홀 수가 다른 나라보다 적어서 몬스터홀 청정 지역이라고 자랑했으니까요."

성준은 화면에서 본 문양을 생각하면서 이야기했다.

"그날 텔레비전에서 본 도쿄 몬스터홀의 문양은 2레벨의 것이었습니다. 1레벨 몬스터홀은 1레벨 귀환자가 필요한 것처럼 2레벨 몬스터홀은 2레벨 귀환자가 필요한 모양입니다."

조 단장은 이야기를 듣고 급하게 전화를 걸어 대화를 나누었다. 그리고 전화를 끊고 성준에게 이야기했다.

"만일 도쿄 몬스터홀이 성준 씨 말대로의 방식이면 앞으로 8일 후에 도쿄 시내는 던전이 되어버릴 겁니다. 그 어떤 나라도 자국의 2레벨 귀환자의 비밀을 먼저 노출시키고 일본을 지원하지 않을 겁니다."

조 단장은 확신했다.

조 단장과 이야기를 마치고 나온 성준은 보람과 헤어져서 병실로 돌아갔다. 잠시 쉰 후에는 다희의 병실에 가봐야 할 것 같았다.

성준은 병실에 앉아 감각을 활성화해 주위를 둘러보았다. 아무것도 잡히지 않았다. 성준은 영기로 구슬을 꺼냈다. 성준은 구슬을 영기분석으로 확인해 보았다.

―영기보석 영기 포격 레벨 3.
―레벨 3 영기 성장치 100 검투사를 4레벨 검투사로 만듦.
―레벨 4 이하의 검투사의 영기 성장치를 증가시킴.
―영기 포격이 추가됨.
―영기 포격 시 막대한 영기 사용.
―적용 방법: 먹기.

"이것도 정보가 추가됐네. 한 방 공격인가?"
성준은 자신의 정보를 확인했다.

―검투사 정보.
―영기 레벨 3.
―영기 성장치 20.
―영기 117.
―영기분석 레벨 2, 고속 저중력 이동 레벨 2, 허공 도약 레벨 1.
―영기화된 미합중국 군용 쇠뇌, 영기화된 발렌제국 제식 장검―각성.
―영기 능력치 210.

성준은 고개를 까우뚱했다. 보스 몬스터를 잡았는데 영기 성장치가 얼마 안 오른 것 같았다.

"설마?"

성준은 검을 꺼내 확인해 보았다.

—발렌제국 제식장검—각성.

—영기 레벨 2.

—영기 성장치 90.

—영기 190.

—절단강화 레벨 1 독날 생성 레벨 1.

—코어 보석에 의해 각성된 검.

—영기 능력치 250.

"결국 보스 영기의 반은 이놈이 먹었구먼."

성준은 입맛을 다셨다. 어차피 자신의 검인데 뺏긴 것이 왠지 억울했다.

성준은 검과 구슬을 모두 집어넣었다. 영기 성장치가 되지 않으니 아직 3레벨 구슬은 그림의 떡이었다. 이 구슬을 영기 성장용으로 먹기에는 아까웠다.

성준은 주위를 정리하고 일어났다. 중환자실에 있는 다희를 만날 시간이었다.

다희는 아직 쇼크로 정신을 못 차리고 있었다. 성준은 다희의 부모님과 인사를 하고 자리를 피했다. 딸을 걱정하는 평범한 중년의 부모님이었다. 성준은 밖으로 나와 하은과 이야기했다.

"아직 차도는 없는 거지?"

"네. 별 차도가 없는 모양이에요. 다희 부모님이 걱정이 많아요. 저번에 집에 무사히 돌아갔을 때 정말 좋아하셨던 모양인데."

성준은 다희가 언제 회복될 지 모르니 우선 영기회복석이라도 구해놓아야 할 것 같았다. 성준은 하은과 같이 정 교관이 있는 병실로 갔다. 그곳에서 조합원들과 모임을 가지기로 했다.

정 교관이 누워 있는 2인실에 도착하니 모두 모여 있었다. 재식도 정 교관과 같은 병실이라 옆 침대에 누워 있었다.

정 교관은 가슴에 붕대를 감고 얼굴빛이 안 좋은 상태였고, 재식은 이곳저곳에 붕대를 감고 있었다.

성준은 모두가 모인 것을 확인하고 일행의 앞에 섰다.

"모두 수고하셨습니다. 어제부터 정신이 없었습니다. 이제야 이야기하게 되었군요."

짝짝짝.

성준에 말에 모두 작게 박수를 쳤다.

"많이 다치신 분들이 있어서 다른 이야기를 하기는 힘들 것 같군요. 오늘과 내일은 휴식하겠습니다. 퇴원이 가능하신 분들은 모두 돌아가서 쉬고 다른 이야기는 모레 사무실에서 하겠습니다. 병원에 계신 분들은 치료에 전념해 주시고요. 다치신 분은 가지고 계신 영기회복석을 사용해서 모자란 시간을 채워주세요. 그리고 다른 분께서는 우선 보람 씨에게 영기회복석을 반납해 주세요. 다희 씨에게 써야 할지도 모릅니다."

성준의 말에 보람에게 모두 영기회복석을 주고 인사를 하고 해산했다. 성준은 정 교관, 재식과 이야기하고 집으로 돌아갔다.

저녁 식사 시간이 되어 온 식구가 다 모였다. 어제 부로 다시 출근하게 된 지영은 그새 반짝거리는 얼굴로 다시 변신해 있었다.

"회사에서 지금 난리야. 몬스터홀을 없앤 것이 누군지 정부에서 안 밝히니까 보도국도 소스 파내려고 사방으로 정신없어. 전에 아는 척했다고 나한테도 알아보라고 난리야. 기상 캐스터가 그걸 어떻게 알아."

성준은 모르는 척 밥을 먹고 있었다. 가족이 걱정할까 봐

그동안 조합 일을 집에 이야기하지 않았다. 가족은 그냥 시간이 되면 몬스터홀에 다녀오는 줄 알고 있었다.

"혹시 오빠 아냐?"

역시 귀신같았다.

"어, 맞아. 오프 더 레코드다. 비밀 지켜."

"에엑? 정말이야? 그냥 찔렀는데."

가족 모두 엄청 놀랐다.

"성준아, 많이 위험하지 않냐? 그냥 보통 던전 다니는 것도 아니고 많이 위험할 것 같은데."

성준의 어머니는 우선 자식 걱정부터 했다.

"괜찮아요. 어차피 들어가야 하니까 쓸모 있는 일을 하려고 한 거예요."

성준은 부모의 걱정을 덜어드리는 데 최선을 다했다.

성준의 이야기를 들은 그의 아버지가 성준의 편을 들어주었다.

"그러냐? 네가 그렇게 이야기하니 맞겠지. 하지만 조심해라. 당신도 너무 걱정하지 말고."

"네."

성준이 부모님과 이야기하고 있는 사이에 지영은 옆에서 계속 중얼거리고 있었다.

"말하고 싶어. 말하면 특종인데. 혹시 말하면 안 될까? 아쉬워라. 말하고 싶어라."

성준은 고개를 흔들었다. 어차피 투정이다. 어디 가서 말할 동생은 아니었다.

다음 날 성준은 전에 산 양복을 입고 출근 시간에 맞춰서 나갈 준비를 했다. 거실에서 같이 나갈 준비를 하던 지영이 성준을 보고 말했다.

"정말 멋져졌네. 집에 차 가지고 왔다면서? 내가 여자 소개시켜 줄까? 오빠 그 정도면 여자들한테 상당히 인기 있을 거야."

"됐어. 누구 과부 만들 일 있냐? 어차피 지금 생활은 너무 위험해서 다들 싫어할 거야. 그리고 조합 차야."

"흠, 그런가? 오빠가 부자도 아니고 그럴지도. 그럼 다른 귀환자랑 사귀어야겠네? 예쁜 여자는 있어?"

성준 머릿속에 몇몇 얼굴이 지나갔다.

"뭐 그럭저럭."

"내가 한번 봐야지. 헤헤."

성준이 출발하기 전에 전화가 왔다.

"지금 도착했어? 나도 지금 나가."

성준이 전화를 끊자 지연이 냉큼 끼어들었다.

"누가 같이 가?"

"어, 동료."

"여의도 가는 거지? 나도 태워줘."

"그래."

성준은 부모님께 인사드리고 지영과 같이 나갔다.

지영은 지하 주차장에서 두 번 놀랐다. 그녀의 앞에 서 있는 고급 차에 놀라고 그 옆에 서 있는 멋진 정장 차림의 미녀에게 놀랐다.

"설마 애인?"

"이야기했잖아. 동료. 너도 알걸? 전 직장 보람 씨."

지연의 말에 성준은 정정해 주었다.

"안녕하세요. 처음 뵙네요. 강보람이에요."

"네, 안녕하세요. 최지연입니다."

둘은 인사하고 차에 탔다. 먼저 조수석에 앉는 보람을 보고 지연이 묘한 표정을 지었다.

"어라? 전화로 반말했잖아?"

"친구야."

"동료라면서?"

지연의 말에 성준은 조용히 운전했다.

"근데 누구 만나러 가는 거야?"

"조합 후원인."

지연은 궁금한 것이 많은지 계속 이것저것 물었고, 성준은 불편한지 계속 단답형으로 대답했다. 그런 그들을 보면서 보람은 미소를 지었다.

"어서 오게나. 점심시간은 아직 안 되었지만 미리 준비시켰네."

김 회장과 만나기로 한 방에 성준과 보람이 들어서자 상에 음식이 차려져 있었다. 저번에 만났을 때는 이것저것 시험하고 식사하더니 대우가 달라졌다.

성준과 보람은 김 회장에게 인사를 하고 자리에 앉았다.

"기분이 좋아 보이십니다."

"아주 좋아. 자네 덕분이지."

성준의 말에 김 회장은 씩 웃었다.

"지금 이곳도 어제부터 장사를 다시 시작했다네. 사람들이 다들 돌아오고 있어."

"다행이네요. 사람들이 다시 여의도로 돌아오려면 한참 걸릴 줄 알았는데요."

김 회장은 슬쩍 웃더니 말했다.

"내가 소문을 좀 냈지. 덕분에 금방 정상이 될 것 같아."

"아, 몬스터홀이 없어진 곳은 안전지대가 된다는 그 소문 말씀이군요?"

"사람들은 믿고 싶은 이야기는 믿는 편이지. 다시 이곳에 몬스터홀이 생기기 전까지 여의도는 한국에서 제일 안전한 지역일세."

성준은 김 회장의 말에 고개를 끄덕였다.

"아무튼 대단하이. 고생 많았어. 덕분에 내가 이득을 많이 봤어. 계약서는 가지고 왔나?"

"네."

보람이 가방에서 계약서를 꺼냈다.

"식사를 마치고 비서와 처리하게나. 그럼 바로 송금될 걸세. 나도 손해는 안 봤으니 다들 행복한 결말이지."

"집값이 많이 올랐나 봅니다."

김 회장이 껄껄 웃었다.

"내가 이번에 촉이 와서 좀 질렀네. 여의도 부동산에 한 2천억 밀어 넣었어. 두 배 장사는 했으니 자네들 주고 이익의 반은 남는군."

성준은 돈의 스케일에 따라가기가 쉽지 않았다. 자신도 이제 부자가 되었지만 이 정도 스케일에 적응하기는 쉽지 않을 것 같았다.

"그건 그렇고, 자네 계속 그 일 하고 다닐 거지?"

"그 일이라시면?"

"그 몬스터홀인가 하는 것 계속 없애고 다닐 거냐는 거지."

"예. 어차피 저희들은 몬스터홀에 묶여 있으니까요. 계속하겠지요."

김 회장은 다시 식탁을 손가락으로 두드렸다.

"내가 아는 사람들이 좀 있어서 연결을 시켜줄까 하는데 어떻게 생각하나? 국내에 몇 명 있고 해외에 몇 명 있다네. 나야 소개시켜 주고 지금처럼 정보를 얻고 이익을 좀 취해볼 생각이네만."

성준은 생각에 잠겼다. 어제 만난 정부 사람의 이야기와 지금 이야기를 고민한 후 김 회장에게 말했다.

"우선 조합원들의 의견을 물어봐야 합니다. 조합원들에게 정확하게 이야기를 전달해 주도록 하겠습니다."

"그거면 되었네."

그 뒤로는 편하게 식사를 마치고 김 회장은 식당을 나섰다. 비서와 서류에 서로 사인을 마치자 비서는 어디론가 전화를 했다.

바로 조합 통장에 천억이 들어왔다.

차를 타고 이동하면서도 둘은 얼떨떨했다.

"걱정돼요. 전 이런 큰돈은 다루어본 일이 없어요."

"제대로 된 자산관리사가 필요해."

"우선 제가 알아볼게요. 나중에 결정해 주세요."

성준은 보람의 말에 고개를 끄덕였다.

"다들 쉬는데 나와서 고생했어요. 집에까지 바래다줄 테니 들어가서 쉬어요."

보람은 성준에게 뭐라고 하려다 한숨을 내쉬고 고개를 끄덕였다. 그 모습을 보지 못한 성준은 보람을 집에 바래다주고 돌아왔다.

다음 날, 조합 사무실에 모여서 회의를 시작했다. 화상 채팅으로 병원에 있는 정 교관과 재식도 참여했다.

"우선 첫 번째 좋은 소식입니다. 조합 통장에 천억이 들어왔습니다."

"와아아~"

기뻐하는 소리가 애매했다. 실감을 못하는 모양이다. 성준은 피식 웃더니 계속 이야기했다.

"우선 조합이 관리하기로 한 300억을 제외하고는 나누어 드릴 생각입니다."

성준은 잠시 침을 삼키고 말을 이었다.

"그런데 구슬 때문에 분배가 조금 복잡해졌습니다. 그래서 제안할 것이 있습니다. 구슬 예상 금액인 30억을 조합이 관리하다 연말에 정산하는 것이 어떨까 하고 말입니다."

모두 고개를 갸우뚱했다.

"그럼 결국 구슬을 안 먹은 사람도 반은 지금 받고 나머지 반은 연말에 받는 건가요?"

"네. 연말에 구슬 사용비를 조합원 전체에 공평하게 나누도록 하죠."

다들 고민하다가 그렇게 하기로 결정했다. 금액이 크다 보니 모두 너그러워지는 모양이다.

"그럼 각자의 통장에 30억씩 보내드리겠습니다."

성준이 보람을 바라보자 보람이 성준에게 터치패드를 보여주면서 화면을 눌렀다.

띵동.

모든 사람의 핸드폰에 메시지가 출력되었다. 모두가 핸드폰을 보았다. 통장에 30억이 찍혀 있다.

"와!"

모두 이번에는 정말 놀랐다. 드디어 실감이 나는 모양이다. 그리고 성준은 김 회장의 이야기를 조합원들에게 했다. 조합원들은 무조건 찬성이었다. 거의 맘대로 하라는 분위기였다. 성준은 한숨을 내쉬었다.

조합원의 목소리를 뒤로한 채로 성준은 고민에 잠겼다.

'영기회복석을 구해야 하는데.'

*　　　*　　　*

길성태는 바닥에 있는 구슬을 누가 보기 전에 얼른 주었다.

그리고 자신의 팔목을 봤다.

╷

╷□□

╷□□

역시 100이 다 차 있다.

얼마 전에 정부 쪽 높은 사람에게서 몰래 얻은 정보로 2레벨이 되는 방법을 알게 된 성태는 군인들을 꼬셔서 엘리트 몬스터와 싸우게 했다. 그리고 결국 방금 전 엘리트 몬스터를 없앨 수 있게 되었다.

성태 주위에는 십여 명의 군인만 살아남아 있다. 반 이상이 여기서 죽은 것이다.

성태도 그동안 열심히 쇠뇌로 몬스터들을 잡고 다녔다. 다행히 그동안의 노력이 효과를 보아 숫자 100을 만들 수 있었다. 이제 돌아가서 2레벨이 되면 되는 것이다.

성태는 주머니 속의 구슬을 느끼면서 군인들을 귀환 지점으로 재촉했다.

*　　　*　　　*

미국은 한국과 중국이 연이어 몬스터홀을 제거한 것에 자극을 받았는지 한국이 몬스터홀을 제거한 지 사흘 뒤 기어이 LA에 있는 몬스터홀을 제거하는 데 성공했다. 이로써 몬스터홀 제거 국가가 세 국가로 늘었다.

그리고 일본 내각조사실은 몬스터홀 제거에 성공한 세 나라에 깔린 모든 정보력을 총동원해서 결국 2레벨 귀환자의 존재를 파악하는 데 성공했다. 그리고 일본은 삼 개국에 협상단을 급파했다.

"혹시 우리나라에서 빠져나간 정보는 아니겠지요?"

—아니라고 생각하고 있습니다. 뭐, 다른 나라도 그렇게 생각하겠지만요.

성준은 주차장에 차를 새워두고 조 단장과 통화 중이었다. 영기회복석과 자신의 3레벨 진입 문제로 구로 몬스터홀에 와 있는 상황이다. 문양의 정보를 확인해 볼 생각이다.

"그래서 정부는 어떻게 할 예정이랍니까?"

—저희야 발뺌 중이지요. 일본도 크게 기대는 안 할 겁니다. 저희 정보로는 도쿄 몬스터홀 일대의 시민을 소개시킨다고 하더군요.

"그럼 저희 쪽으로 이야기가 올 일은 없겠군요."

—저희는 개인적인 프라이버시를 지켜드리기 위해 최선을

다하고 있습니다.

"그래 보이는군요."

성준이 감각을 활성화하자 주위의 주차된 차 안에 있는 사람들에게 이상한 점이 보였다. 정부 요원들이었다.

―그리고 오후쯤 청와대 비서실에 계신 분을 제가 모시고 가겠습니다.

"네. 사무실로 오시면 됩니다."

성준은 전화를 끊었다. 역시 비밀은 없었다. 성준은 도쿄 몬스터홀 문제가 어떻게 될지 전혀 가늠할 수가 없었다.

"지금 그것 걱정할 상황은 아니지."

성준은 바로 처음으로 들어가게 된 구로 몬스터홀로 향했다. 아직도 몬스터홀 주변 상가는 거의 폐점 분위기였다.

각 도시의 몬스터홀 주변 주민이 정부청사 앞에서 집회를 열고 있다는 이야기가 텔레비전이나 인터넷에서 줄기차게 나오고 있었다. 모두 자신의 지역의 몬스터홀을 없애 달라는 이야기였다.

처음 며칠 동안 몬스터홀을 없앤 정부를 찬양하던 여론은 얼마 지나지 않아 다음 몬스터홀을 빨리 없애라는 여론으로 바뀌었다. 지금 인터넷에서는 다음은 어디의 몬스터홀을 없애야 하는지 한참 투표를 하고 있었다.

성준은 몬스터홀을 지키는 병사들에게 인사하고 바리케이

드 안으로 들어갔다. 전에 이곳에서 보았던 병사이다. 미리 조 단장에게 이야기해 놓아서 바로 들어갈 수가 있었다.

성준은 몬스터홀 바로 위에서 아래를 내려다보았다. 저 아래쪽 바닥 문양이 약하게 빛나고 있었다. 성준은 바로 영기분석을 사용했다.

—소환진.
—레벨 1. 현재 상태.
—레벨 2. 닫혀 있음.
—지구인을 소환해서 레벨 1의 던전에 진입시킴.

문양의 정보가 바뀌었다. 이것도 영기분석이 2레벨로 증가하면서 바뀐 모양이다. 성준은 정보를 보고 눈을 빛냈다. 전체 레벨을 확인할 수 있는 것 같았다.

다른 몬스터홀도 확인해 봐야 할 것 같았다. 바로 조 단장에게 연락했다. 그리고 차를 타고 가까운 인천 몬스터홀로 달렸다.

빠른 속도로 인천 몬스터홀에 도착한 성준은 바로 몬스터홀의 정보를 확인했다.

—소환진.

―레벨 1. 현재 상태.

―레벨 2. 닫혀 있음.

―지구인을 소환해서 레벨 1의 던전에 진입시킴.

여기도 마찬가지였다. 그리고 안양의 몬스터홀도 확인해 보았다.

―소환진.

―레벨 1. 현재 상태.

―레벨 2. 닫혀 있음.

―레벨 3. 닫혀 있음.

―지구인을 소환해서 레벨 1의 던전에 진입시킴.

몬스터홀의 최대 던전 레벨을 알 수 있었다. 이제 3레벨인 성준이 최대 2레벨인 몬스터홀에 들어갈 수 있는지만 확인하면 되었다.

'귀환 때문에 같이 갈 사람이 있어야겠네.'

여의도 사무실로 바로 돌아간 성준은 사무실에 도착하자마자 사람들을 불렀다. 사무실에 있는 사람은 모두 모였다. 환자인 정 교관, 재식, 그리고 다희와 다희를 보러 간 하은만 자리에 없었다.

"벌써 몬스터홀을 제거한 지 오 일째입니다. 자신의 자체 영기 숫자도 거의 다된 분도 있을 겁니다. 그래서 영기회복석을 모르는 외부 시선도 차단할 겸 영기회복석을 더 구하기 위해 몬스터홀을 다녀오려고 합니다."

성준은 2레벨 귀환자들을 둘러보았다.

"이번은 몬스터홀 공략이 아니라 영기회복석 탐사임으로 최대한 전투 없이 빨리 움직일 것입니다. 그리고 제가 이번에 3레벨이 되면서 몬스터홀 진입이 어떻게 되는지 확인할 필요가 있습니다. 소수 정예가 좋을 것 같습니다."

성준의 말에 다른 1레벨 귀환자들이 2레벨 귀환자들을 보았다.

"그럼 성준 씨하고 다른 2레벨 분들이 갈 생각인가요?"

보람이 성준이게 물었다. 성준은 주위를 둘러보았다.

"이곳에는 여성분들밖에 없으니 위험시에 제가 구출할 수 인원이면 좋겠습니다. 한두 명 정도가 적당할 것 같습니다."

성준의 말에 전에 하온, 성준과 함께 몬스터홀에서 돌아온 보람이 고개를 끄덕였다. 보람이 손을 들었다.

"미영 씨로 하죠. 임자 있는 여자가 좋아요."

"네? 왜요?"

자신이 하겠다고 손을 들려던 미리가 보람에게 물었다.

"내가 같이 갔다 와서 알아. 성준 씨가 어떻게 움직이는지 생각해 봐. 구출한다면 뻔하잖아?"

미리가 머릿속으로 상상했다. 얼굴이 붉어졌다.

"좋은데요? 저도 하고 싶어요!"

미리가 손들 번쩍 들고 소리쳤다.

"난 미영이 가는 것 반대."

호영이 한마디 내뱉었다. 미영은 옆에서 호영의 어깨를 손가락으로 콕 찌르고 머리를 흔들었다.

성준은 머리를 감쌌다. 어쨌거나 내일 같이 갈 사람은 미영으로 정해졌다.

오후 늦게 조합 사무실에 도착한 사람은 성준의 예상보다 더 높은 사람이었다.

성준과 보람이 회의실에서 기다리고 있자 들어온 사람은 대통령 비서실장이었다.

"대통령 비서실장 임기열이라 합니다."

머리에 새치가 많이 보이는 중년 남자가 악수를 청했다. 성준도 한 손을 내밀어 악수했다.

"사진보다 훨씬 젊으시군요."

임 비서실장은 대화의 시작을 성준의 외모로 시작했다.

"몬스터홀에 들어가면서 살이 많이 빠졌습니다."

성준은 무난하게 대답했다. 그렇게 서로 몇 마디 덕담을 나누고 이어 실제 이야기가 시작되었다.

"몬스터홀을 제거하여 주신 것에 대해 대통령님 및 모든 국민은 귀환자 조합에게 감사드리고 있습니다."

"고맙습니다."

"그런데 두 분밖에는 없으시군요. 다른 분들에게도 감사를 표하고 싶은데 볼 수가 없군요."

무난하게 시작되던 대화는 갑자기 날카로워지기 시작했다. 성준은 감각을 활성화시켰다.

"네. 상을 받거나 하는 자리가 아니라고 들었습니다. 제가 정부 협상의 전권을 조합원들에게 부여받았습니다. 나중에 조합원들의 찬반 투표가 있어야겠지만 협상 자체는 제가 진행할 수 있습니다. 여기 보람 씨도 있으니 말이 잘못 전달될 걱정은 없습니다."

비서실장은 성준을 바라보더니 턱을 쓰다듬었다.

"흠. 제가 실수한 것 같군요. 사과드리겠습니다. 대통령님께서는 귀환자 조합과 정부의 관계를 더욱 발전시키기를 원하고 계십니다. 지금 여러분의 비밀 유지만 아니면 청와대에 초대했을 텐데 아쉽군요."

성준은 감각의 활성화를 걸고 계속 들었다.

"여러분께서 정부의 보상금 지급을 거절하셔서 저희는 지금 고민이 많은 상태입니다. 그래서 제가 직접 여러분이 원하는 것을 듣고자 합니다."

성준은 비서실장을 바라보다가 말했다.

"그럼 단도직입적으로 저희가 원하는 것을 말하겠습니다. 일 인당 200억, 지금보다 열 배로 올려주시고 저희가 받는 모든 수입에 대한 세금을 면제해 주십시오."

비서실장은 움찔했다. 금액이 너무 컸다. 지금 조합원이 열두 명이다. 거기다 현재 한국에 있는 몬스터홀 숫자가 열 개이니 몬스터홀 숫자가 늘어나지 않는다고 해도 2조 4천억이다.

만약 조합원이 늘어나고 몬스터홀 숫자가 늘어난다면 나중에는 어쩔지 감당이 안 되는 숫자였다.

"너무 많습니다. 저희로서는 들어드릴 수가 없군요."

"그럼 정부 쪽이 생각한 금액을 이야기해 주시기 바랍니다."

성준은 바통을 비서실장에게 넘겼다.

"저희는 조합 전체에 건당 500억 이상 지불할 수 없습니다. 성준 씨도 알겠지만 지금 국가 경제가 엉망입니다. 그 이상은 더 이상 예산에서 빼낼 수 없습니다."

성준이 감각을 활성화해서 얻은 정보로는 진실이었다. 비서실장은 그 이상의 금액을 부를 생각이 없었다.

한참을 생각하던 성준은 한숨을 내쉬고 비서실장에게 말했다.

"어쩔 수 없군요. 그럼 저희 귀환자 조합원의 세금이나 면제해 주십시오. 이 보상금도 그렇고 여의도 몬스터홀 제거했다고 감사 표시로 후원금 등을 보내왔는데 다 세금으로 나갈 판입니다."

성준은 처량하게 고개를 숙이고 비서실장의 눈치를 살폈다.

"잘 생각하셨습니다. 대통령님도 기뻐하실 겁니다. 바로 관련 특별법을 제정하도록 하지요."

비서실장은 그 금액으로 해결했다는 생각에 엄청 기뻐했다.

그는 성준과 보람에게 뜨겁게 악수하고 돌아갔다. 그 뒤를 따라 나가던 조 단장은 성준의 얼굴을 보고는 미소를 지었다. 성준도 조 단장에게 미소를 지어 보였다.

비서실장을 밖에까지 나가 배웅하고 난 후 보람이 말했다.

"협상은 성공이죠?"

"법안이 통과돼야지. 뭐, 지금 다수당이 여당이니 문제는 없겠지."

어쨌든 현재까지는 잘 진행되는 것 같았다. 조 단장이 김 회장 건을 비밀로 잘 막아준 덕택에 세금 문제를 해결할 수 있을 것 같았다. 그것에 비하면 보상금은 중요하지 않았다.

다음 날 인천 몬스터홀에서 성준과 미영이 몬스터홀 바닥으로 내려갈 준비를 마치고 있었다. 다른 사람도 모두 같이 왔다.

성준은 미영과 같이 바닥에 내려섰다. 바닥의 문양이 바뀌었다.

─소환진.
─레벨 1. 대기 상태.
─레벨 2. 현재 상태.
─지구인을 소환해서 레벨 2의 던전에 진입시킴.

다행히 3레벨 귀환자도 최대 2레벨 던전에 진입이 가능했다. 성준은 미영과 함께 몬스터홀로 사라졌다.

성준과 미영은 이틀 뒤 무사히 돌아왔다. 여의도 사무실에 도착한 두 명은 사람들의 환호를 받았다. 도착하자마자 전화했지만 직접 보니 기쁜 모양이다. 성준은 어두운 표정으로 보고했다.

"결론부터 말씀드리겠습니다. 영기회복석을 구할 수가 없었습니다. 이박 삼일 동안 찾아 돌아다녔지만 인천 몬스터홀에서는 전에 본 물고기 같은 것을 볼 수가 없었습니다. 다만 귀환 지역에서 구슬을 구하기는 했습니다. 그것은 나중에 배분하겠습니다."

사람들은 모두 안타까워했다. 정 교관과 재식은 퇴원했지만 다희는 아직도 혼수상태였다.

"그래도 정 교관님하고 재식 씨가 퇴원했으니까요. 모두 같이 몬스터홀을 다니면서 찾으면 되죠."

미리가 밝게 이야기했다.

"맞다. 우리 힘내요. 성준 씨하고 미영 언니, 수고했어요."

헤라가 모두에게 파이팅을 외쳤다. 그리고 미영은 호영에게 가서 손을 잡았다.

성준은 서로 위로하는 사람들을 보면서 눈을 비볐다. 원하는 대로 되지 않자 몸이 피곤했다.

그때 성준의 핸드폰이 울렸다. 핸드폰을 보니 조 단장이었다.

"여보세요."

—성준 씨, 우선 텔레비전을 좀 보시겠습니까?

성준은 회의실에 있는 대형 텔레비전을 켰다. 그곳에서는 도시를 배경으로 거대 괴수가 날뛰고 있는 일본 괴수물이 방영되고 있었다.

"괴수물이 나오는데요?"

―실시간 방송입니다. 지금 일본 도쿄입니다.

"아, 오늘인가? 그런데 전부 소개했다고 하지 않으셨나
요?"

성준은 화면을 다시 봤다. 괴수라고 생각한 것은 2레벨
엘리트 몬스터였다. 화면에서는 사람들이 비명을 지르고 몬
스터가 사람들을 공격하고 난리도 아니었다.

―외부 던전화가 예상보다 너무 커졌습니다. 전보다 세 배
이상 커진 모양입니다. 대피 인원이 전부 휩쓸려 버렸습니다.

"그래서요?"

성준은 고개를 갸우뚱했다.

―며칠 전에 미국, 중국, 한국 정부에 일본 정부가 공식적
으로 외부 던전화에 대비해서 2레벨 인원을 보내달라고 요
청했습니다. 미국과 중국은 협상을 통해 현재 도쿄에 있습니
다. 저희는 성준 씨가 몬스터홀에 들어가 있어서 거절했고
요.

"네. 그런데요?"

―지금 미국, 중국 팀이 모두 던전에 휩쓸려서 연락이 두절
되었습니다.

조 단장이 말을 이었다.

―일본이 새롭게 한국에 요청해 왔습니다. 상당히 급한 모
양입니다.

성준은 솔직히 일본은 이미 늦었다고 생각했다. 지금 준비해 봤자 아슬아슬했다. 그리고 그렇게 힘쓸 이유가 전혀 없었다.

화면에서는 아직도 망원렌즈로 찍은 듯한 도쿄의 모습이 보이고 있었다.

멀리서 포를 쏘았는지 사람 크기만 한 몬스터가 충격을 받아 벽에 부딪쳐 쓰러졌다.

그러자 담벼락 뒤에서 한 몬스터가 나오더니 쓰러진 몬스터의 몸에 손을 가져다 댔다.

몬스터의 손에서 빛이 나더니 잠시 뒤 쓰러졌던 몬스터가 일어났다.

"어라?"

"어라?"

보고 있던 모든 조합원의 입에서 놀란 소리가 들렸다.

잠시 뒤 치료하던 몬스터도 총에 맞았는지 팔에서 피가 튀었다. 그러자 자신의 팔에 손을 대니 빛이 나고 멀쩡해졌다.

화면에서 '힐러'라고 일본말로 외치는 소리가 들렸다.

"저거 치료 엘리트 몬스터 맞죠?"

미리의 말에 모두 서로 얼굴을 돌아보았다. 그리고 성준을 바라보았다. 성준은 혼자서 떠들고 있는 전화를 들어 귀에 댔다.

"일본이 무엇을 제시했습니까?"

성준은 전화에 대고 조 단장에게 물었다. 사람들은 회의실을 뛰어나가 장비를 챙기기 시작했다.

*　　　*　　　*

일본은 각국 정부에 국채를 제공하기로 한 모양이었다. 조 단장은 정확한 금액을 이야기하지는 않았다. 하지만 상당히 큰 금액인 모양이다.

"그럼 일본이 따로 각국의 귀환자들에게 제시한 것은 없습니까?"

성준의 말에 조 단장이 대답했다.

─일본으로 각국의 몬스터홀을 제거했던 귀환자팀을 보내 달라는 것이 미, 중, 한 각국 정부에게 제시한 내용입니다.

조 단장은 계속 말을 이었다.

─귀환자팀에게는 일본에서 직접적으로 제시할 생각인 모양입니다. 아마 몬스터홀이 주민 대피로 아무 일 없이 사라졌으면 그냥 돌려보낼 생각이었을 것입니다. 귀환자들도 반쯤 쉬러 가는 분위기였겠지요.

"그럼 이번에는 일본에서 새로운 제시 내용이 있었을 텐데요."

―네, 어차피 몬스터홀의 확장으로 대피한 사람들까지 휩쓸렸기 때문에 시간 안에 던전을 없애야 합니다. 그래서 일본에서 저희 귀환자팀에게 몬스터홀에 진입하면 1억 불, 그리고 던전을 시간 안에 없애면 4억 불을 제시했습니다.

금액 자체는 상당히 컸다.

"그럼 정부에서는 저희 조합에게 얼마를 제시할 예정입니까?"

조 단장은 조금 작은 소리로 이야기했다. 성준의 커진 주머니 사정을 아는 까닭이다.

―천만 달러, 약 100억을 생각하고 있습니다. 좀 적죠?

어차피 지금 목표는 텔레비전에 나온 치료하는 몬스터이다. 다른 부분은 어차피 일본에 가서 생각할 문제다.

"두 배, 200억을 주시면 가겠습니다."

―네? 안 가는 것이 아니고요?

오히려 조 단장이 놀랐다.

―정부에서는 일본에 가는 것에 반대하는 사람이 많습니다. 미국과 중국도 실제로 국제적인 관례로 움직인 것이지 던전에 들어갈 생각은 없었을 것입니다. 거기다가 몬스터홀까지 들어가는 것은 너무나 위험합니다. 솔직히 저도 말리고 싶습니다.

성준은 조 단장의 말에 답변했다.

"우선 일본에 가서 상황을 살필 예정입니다. 어쨌든 어떻게 하시겠습니까?"

조 단장은 한숨을 쉬었다.

—알겠습니다. 그 정도는 정부의 수용 한도일 것입니다. 확인해 보고 연락드리겠습니다. 출발 준비를 하고 계셔도 될 것 같습니다.

치료하는 몬스터의 존재를 모르는 조 단장은 이해를 못하는 눈치였다. 성준은 아직 조 단장을 완전한 아군으로 볼 수 없기에 조금씩 정보를 차단하는 상태였다. 성준은 잠깐 조 단장을 그만두게 할 방법이 없나 생각해 보았다.

이제부터는 시간 싸움이었다. 확인해 보니 몬스터홀이 발생한 지 한 시간이 지난 상태였다. 1레벨 몬스터홀의 지속 시간이 일곱 시간이다. 만약 2레벨 몬스터홀도 동일하다면 앞으로 여섯 시간 남았다.

일행이 모두 장비를 챙겼을 때 성준의 핸드폰으로 연락이 왔다. 조 단장이었다.

—준비되었으면 건물 옥상으로 올라오십시오.

창문 밖에서 헬기 소리가 들려오고 있었다.

일행이 엘리베이터로 옥상에 올라왔을 때는 군용 헬리콥

터인 수리온이 옥상에 내려와 있었다. 헬리콥터는 엔진을 계속 가동하고 있는 상태로 문을 열고 군인 한 명이 성준 일행을 부르고 있었다.

어안이 벙벙한 사람들은 성준의 인도하에 헬리콥터에 탑승했다.

그리고 모든 인원이 탑승하자 헬리콥터는 바로 상승해서 남쪽을 향해 날아갔다.

서울, 특히 여의도에 있는 사람들은 서울 도심에 착륙했다 날아가는 군용 헬리콥터를 신기하게 쳐다보았다.

일행은 헬기 안을 신기하게 쳐다보고 있었다. 탑승 제한 인원은 조종 인력을 제외하고 아홉 명이지만 여성이 많아서 그럭저럭 다 탈 수 있었다.

헬리콥터는 여의도에서 서울 공항까지 17킬로미터의 거리를 10여 분 만에 주파했다. 일행은 헬리콥터 구경도 다 하지 못하고 다시 내릴 수밖에 없었다.

일행이 내린 곳은 서울 공항 메인 활주로 한복판이었다. 그들의 앞에는 군용 수송기가 활주로에서 대기하고 있었다. 일행은 입을 떡 벌렸다.

수송기 앞에서 조 단장이 일행에게 손짓하고 있었다. 일행은 수송기를 향해 뛰어갔다. 그들의 뒤에서는 헬리콥터가 이

륙해서 원래의 자리로 날아가고 있었다.

일행이 수송기에 탑승하자 수송기는 바로 출발했다. 조금 지나자 다들 그제야 말문이 트였다.

"정신이 하나도 없어요."

미리가 좌우를 둘러보더니 이야기했다.

"무슨 정부가 이렇게 일 처리가 빨라."

재식은 정부 일 처리가 빠르다고 어이없어했다.

"시간에 맞추기 위해서 공군의 힘을 좀 빌렸습니다. 들어오기로 한 국채를 공군에 배분하는 식으로 이야기를 끝내서 전격적으로 움직이게 되었죠."

"그래도 일 처리 속도가 상상 이상인데요?"

성준은 자신이 경험한 군대의 속도와 달라서 어리둥절했다.

"몬스터홀 이후로 특수부대식으로 운용 중입니다. 여러분이 타고 오신 헬기나 이 수송기가 그런 식으로 편재되어 있죠. 그래서 바로 사용할 수 있었습니다."

"그런데 수송기면 여객기에 비해 좀 느리지 않나요?"

하은이 일반적인 질문을 했다.

"여객기가 빠르지만 빠르게 구할 방법이 없죠. 그래도 이 수송기로 두 시간이면 가니까 걱정하실 필요 없습니다."

그제야 모두들 긴장을 풀고 신기한 듯 둘러보았다. 하지만 그것도 30분 이상 지나자 온몸이 불편한지 다들 오만상이다.

"으, 여객기하고는 다르네요. 시끄럽고 흔들리고."

"좌석도 이상해. 정말 불편해."

불평들을 한 귀로 흘리면서 성준은 남몰래 미영과 같이 다녀온 던전에서 구해온 구슬을 꺼냈다. 성준은 구슬의 정보를 확인했다.

―영기보석 관통 강화 레벨 1.

―레벨 1 영기 성장치 100 진입자를 레벨 2 관통 강화 검투사로 만듦.

―레벨 2 진입자와 레벨 2의 검투사의 영기 성장치를 증가시킴.

―적용 방법: 먹기.

성준은 일행과 이야기해 구슬을 헤라에게 주기로 했다. 헤라는 바로 수송기 안에서 구슬을 먹고 다른 사람보다 더 괴로워했다. 역시 흔들리는 비행기에서는 먹으면 안 되는 것 같았다. 일행은 교훈을 얻었다.

그렇게 도쿄 공항에 도착한 시각은 도쿄 도심이 던전화된 지 네 시간이 채 되지 않은 시점이었다. 도쿄 공항은 도쿄를 떠나려는 사람들로 아수라장이었는데 그 상황에서 강제로 활주로 하나를 막고 성준 일행을 착륙시킨 것이다.

일행은 낯선 공기에 놀랐다. 더군다나 예상치 못한 빠른 이동이었기에 몸과 정신이 대응을 못한 상태였다. 하지만 일행은 활주로에 준비해 놓은 헬기에 탑승해서 바로 출발했다. 목표는 던전의 경계에 가깝게 자리 잡은 대책본부 건물이었다.

여성들은 그 와중에도 창문에 붙어서 아래쪽으로 보이는 도시의 모습을 구경하고 있었다. 성준도 잠시 밖을 보았지만 지금 도쿄는 구경할 만한 상황이 아니었다. 일본인은 침착한 민족이라고 하는데 이곳도 별수 없이 사람 사는 동네인 모양이다.

다들 피난을 가느라 온통 혼잡한 모습이었다. 거리에는 쏟아져 나온 차들로 엉망이었고 사람들은 지금 일행이 가는 곳과 반대 반향으로 가기 위해 달리고 있었다.

그리고 잠시 뒤 헬기로 던전 지역에 가까이 오자 길에 보이는 사람의 숫자는 확 줄었다.

곧 헬기는 대책본부로 사용하는 빌딩 위에 내려앉았다.

성준은 헬기에서 내려 던전화된 지역을 바라보았다.

멀리서 고층 건물이 무너지는 소리가 들렸다. 성준은 눈앞에서 20층이 넘는 건물이 무너지는 모습을 보았다. 그리고 그 자리에 거대한 몬스터가 등장했다. 몬스터는 다음 건물을 노리는 모양인지 주변을 둘러보았다.

그 후 강화된 눈으로 세 마리 정도 거대한 몬스터를 더 발견할 수 있었다. 절대로 피해야 할 존재들이었다.

일행과 조 단장은 군인의 안내를 받아 대책본부 사무실로 들어섰다.

사무실은 큰 회의실을 쓰고 있었다. 예상치 못한 일의 발생으로 급하게 준비한 모양이다. 하지만 몇 시간 만에 이렇게나마 준비한 모습은 참으로 대단했다.

벽에는 큰 화면 하나가 걸려 있고 여러 개로 분할되어서 각각 다른 장면을 보여주고 있었다. 어느 장면은 CCTV로 보는 장면처럼 보였고 어떤 화면은 방송국 뉴스 화면이었다.

그리고 방 안에는 많은 사람들이 뛰어다니고 있었다.

성준과 일행이 들어서자 방 안에 있던 모든 사람의 시선이 몰렸다. 화면 앞에 서서 다른 사람들에서 이것저것 지시를 내리고 있던 중년 남자가 일행을 보더니 성큼성큼 다가왔다.

"안녕하십니까, 한국분들. 오셔서 감사합니다. 전 하세베 신이치라고 합니다."

그는 일본어로 일행에게 인사했다. 다행히 조 단장은 일본어를 잘 알고 나머지는 귀환자들이었다. 모두 알아들을 수 있었다.

들을 수만 있고 말을 할 수 없는 성준은 조 단장을 바라보았다. 조 단장은 바로 성준이 바라보는 이유를 알고 자신이 대화를 진행해 나갔다.

"혹시 지금 내부 상황을 알 수가 있을까요?"

"미국과 중국의 귀환자들이 살아 있다는 연락을 받았습니다. 저희가 제시한 금액을 듣고 중국은 몬스터홀로 진격할 생각인 모양입니다. 미국은 퇴각한다는 연락을 받았습니다."

"네. 어떻게 연락을 받았죠?"

"200명의 특공대가 투입되었습니다. 그들은 모두 불을 피울 수 있는 장비를 가지고 있습니다. 각국 부대를 발견한 병사들이 건물 옥상에서 불을 피워 봉화를 이용해 모스부호로 소식을 보내왔습니다."

"대단하네요."

조 단장은 진심으로 놀라워했다.

성준은 잠시 고민하더니 신이치에게 말했다.

"혹시 던전화된 지역의 몬스터들 종류를 알 수가 있을까요?"

조 단장이 통역을 해주었다.

신이치는 조 단장의 이야기를 듣더니 몇 군데 자신이 아는 몬스터를 알려주었다. 그리고 그중에는 성준이 찾는 치료 몬스터도 들어 있었다.

성준은 표정을 드러내지 않으려고 노력했다. 그리고 미국이 퇴각한다는 방향도 그 몬스터들이 있는 지역을 지나가고 있었다. 성준은 일행이 진입하는 위치를 결정했다.

"미국인들이 퇴각하는 것을 우선 돕기로 하겠습니다. 그리고 미국인들을 만난 후 그 뒤에 일을 결정하도록 하겠습니다."

신이치는 성준에 말에 고개를 끄덕였다.

"그런데 전에 오신 분들과 만나셨습니까?"

성준은 신이치의 이야기에 고개를 갸우뚱했다. 그 일에 관해서는 조 단장이 성준에게 이야기해 주었다.

"미국도 중국도 사람을 보내겠다는데 저희도 가만있을 수 없어 대안으로 다른 2레벨 귀환자를 구색 맞추기로 일본에 보냈습니다."

"2레벨 귀환자가 더 나왔군요. 그런데 이번에 휘말리지 않았나 보네요. 이곳에 온다는 것을 보니."

"예. 그때 무슨 일이 있어서 한국팀은 외곽으로 나갔던 모양입니다. 아, 저쪽에 오고 있네요."

성준은 멀리서 걸어오는 사람들을 바라보았다. 그곳에는 아는 사람 한 명과 군인들이 걸어오고 있었다. 그 아는 사람은 전 직장 상사이던 길성태였다.

성준은 이런 곳에서 길성태를 만나 신기했다. 이미 길성태

에 대한 마음은 털어버렸기 때문에 무덤덤하게 인사를 나눌
수가 있었다.

"오랜만입니다."

"오랜만이군요."

성준은 습관적으로 길성태의 정보를 확인했다.

─검투사 정보.

─영기 레벨 2.

─영기 성장치 11.

─영기 111.

─생존 본능 레벨 1 화염 레벨 1.

─영기 능력치 141.

2레벨에 능력이 두 개였다. 생존 본능은 개인의 능력이 진
화한 모양이다.

성준은 길성태가 여태 살아남아 2레벨이 된 이유를 알 수
있었다.

길성태는 성준과 인사를 하고 눈으로 보람을 훑더니 조 단
장과 이야기를 시작했다.

성준은 길성태의 개인주의적 성향과 생존 본능이라는 능
력을 함께 생각해 보았다.

'길성태랑 같이 다니는 사람은 반드시 피해를 보겠군.'

성준은 자신의 일행을 둘러보았다.

길성태를 보고서 표정이 다들 안 좋아 보였다. 반감이 상당한 모양이다.

"상당히 빨리 오셨군요. 저희 먼저 진입하려고 했는데 연락이 와서 대기하고 있었습니다."

"예. 최대한 빨리 왔습니다. 그런데 진입이라면 몬스터홀에 가실 생각입니까?"

성태의 말에 조 단장은 다시 질문했다.

"우선 던전이 된 곳에 들어가서 생각해 봐야죠. 몬스터를 최대한 줄이면서 진행할 생각입니다."

길성태 뒤에는 장교가 있었지만 길성태가 이야기하는 것을 방치하고 있었다. 둘이 무슨 이야기가 되었나 보다. 조 단장은 뒤의 장교를 힐끗 보더니 성태에게 이야기했다.

"그럼 지금 출발하는 것이 좋겠군요. 그런데 진입하는 방향은 결정되었나요?"

"네. 미군과 합류할 생각입니다."

성준은 인상을 찡그렸다. 운이 나쁘면 같이 가게 생겼다.

"다행이군요. 귀환자 조합도 같은 방향인데."

조 단장은 같이 가게 되어서 잘되었다는 표정이다. 따로 가면 안심이 안 되는 모양이다.

성준은 앞으로 나서서 이야기를 하려고 했다.

"저희는 따로……."

"저희가 먼저 앞장서지요. 다양한 던전 경험은 이쪽이 더 많으니 저희가 앞장서는 것이 수월할 것입니다. 저희가 지나온 길을 따라오시면 됩니다."

성준이 말을 채 하기도 전에 길성태가 나서서 이야기했다. 그리고 옆에 서 있는 장교에게 눈치를 주었다.

"아무리 몬스터홀을 제거한 팀이라고 하지만 이곳은 도심입니다. 시가지 전투 훈련을 받지 않은 민간인이 같이 움직이는 것은 방해가 될 확률이 높습니다. 저희가 지나간 후에 따라오게 하면 좋을 것 같습니다."

장교가 나서서 길성태의 말을 거들었다.

"상부에서 지시가 왔습니다. 따라주시기 바랍니다."

조 단장이 무슨 말을 하려고 하자 군인이 조 단장에게 이야기했다.

"그럼 저희는 바로 내려갈 테니 따로 오시기 바랍니다. 너무 늦지 않도록 하세요."

길성태는 성준 등을 보고 이야기를 한 후 정중히 인사를 하고 내려갔다. 나머지 군인들도 함께 내려갔다.

"큰일인데요. 알력 싸움인 것 같은데. 위에서 어떤 이야기를 나왔는지 모르지만 이러면 안 좋은데. 귀환자 조합하고 같이 움직이게 하려고 기껏 움직이지 못하게 막았는데 답이 안 나오네요."

조 단장이 인상을 찡그렸다.

"저희들은 따로 가겠습니다. 아무래도 따로 움직이는 편이 좋을 것 같습니다."

성준이 조 단장에게 말했다.

"부탁드리겠습니다. 군인들을 위해서 한 번만 더 신경을 써주십시오."

조 단장은 성준에게 부탁했다. 성준은 조금 생각하더니 한숨을 내쉬었다.

부탁하는 조 단장을 뒤로하고 성준은 일행에게 다가갔다.

"모두 들었지요? 저희는 앞쪽 군인들이 몬스터들을 처리하고 지나간 후에 따라갑니다. 어느 정도 거리를 두라고 했으니까 최대한 거리를 두겠습니다."

"네~"

성준의 말을 들은 여성들이 합창했다. 그런데 이런 난리 상황에서 여성들의 맑은 목소리가 울리니 다들 적응이 안 되는 모양이다.

"여의도 몬스터홀을 제거한 팀이 여러분이라는 사실은 길성태와 앞의 장교, 저만 아는 일입니다. 다른 병사들이 뭐라고 해도 좀 참아주시기 바랍니다. 그들은 여러분을 일반 귀환자로 알고 있습니다."

조 단장의 이야기를 들은 성준은 고개를 끄덕였다. 그리고 작전 지도를 받은 성준은 얼른 일행을 이끌고 밑으로 내려갔다.

밑에서는 군인들과 성태가 출발 준비를 하고 있었다. 장교는 내려온 성준 일행을 힐끔 보더니 부대를 출발시켰다. 따라가는 군인들도 성준의 일행에 여성이 많은 것을 보고 안 좋은 표정이다.

성준 일행이 앞으로도 고려해야 할 일이었다. 전투 지역에서 예쁘고 젊은 민간인 여성들이 움직이는 것은 같이 전투하는 입장으로는 반감이 드는 모양이다. 여성은 기본적으로 약하다는 가치관이 깔려 있기 때문이다.

"우리도 갑시다."

성준은 앞에 가는 군인 그룹과 좀 떨어져서 일행을 출발시켰다.

"조합장 오빠, 아예 따로 가면 안 돼요?"

"저도 그러고 싶지만 아까 들은 대로 병사들 지원도 해야 해서요. 어차피 그들이 앞으로 나서주겠다는데 이게 더 좋죠. 최대한 떨어지죠."

대표로 물어보는 미리의 말에 성준은 그렇게 대답했다. 그리고 그들은 건물들 사이로 지나갔다. 꼭 여의도 몬스터홀의 주변을 보는 것 같았다.

도로에는 자동차 몇 대가 방치되어 있고 사람은 보이지 않았다. 다들 피난을 가거나 집 안에 틀어박힌 모양이다.

일행은 진행하다 앞쪽의 사거리에 서 있는 성태와 군인 그룹을 보았다. 성준 일행이 군인들에게 다가갔다.

"여기부터는 던전화된 지역입니다. 자신들의 실력을 과신하지 말고 조심해서 따라오시기 바랍니다."

장교는 일행에게 주의하라고 하였다. 특히 여성들을 보고 말했다.

"흥, 저렙 따위가."

하은이 헤라가 작게 하는 말을 듣고 헤라의 머리에 꿀밤을 먹였다.

콩!

"아야! 왜 그래?"

"나도 저렙이야."

"아, 미안."

화를 내려던 헤라는 하은의 말에 바로 사과했다.

앞장선 군인들은 쇠뇌로 사방을 경계하면서 전진해 나갔다. 가운데 있는 길성태도 주위를 둘러보면서 전진했다.

"그래도 움직임은 좋은데요?"

멀리 앞에 가는 군인들을 보면서 성준이 말했다.

"벌써 여러 번 던전을 돌파한 팀입니다. 경계는 확실할 겁니다."

정 교관이 성준의 말에 대답했다.

"단지 전투를 회피하는 경우가 많아서 그게 좀 걱정입니다만."

성준은 정 교관에 말에 고개를 끄덕였다.

일행도 경계를 지나갔다. 공기가 바뀌었다. 주위의 건물에 있는 사람들이 겁에 질린 채 창문 사이로 아래를 내려다보고 있었다. 밖으로 나오는 사람이 없는 것이 참 다행이었다.

＊　　　＊　　　＊

길성태와 병사들은 큰 도로의 1차선으로 이동하고 있었다. 길의 양쪽은 업무 지역이었는지 높은 건물들이 서 있었다.

"박 대위님, 아무래도 걱정입니다. 뒤에 오는 민간인들을 돌려보내야 하지 않을까요? 귀환자들이라고는 하지만 여자들이 대다수입니다."

"나름 실력 있는 사람들이다. 너무 무시하지 말도록."

장교는 병사의 말에 주의를 주었다. 그들이 여의도 공원 몬스터홀을 제거했다는 이야기를 비밀로 하라고 했으니 병사들의 불만은 당연했다.

"그래도 같이 가는 것이 좋지 않을까요? 민간인들이라고 하지만 몬스터홀을 제거한 팀인데."

장교가 성태에게 물었다.

"아무래도 이번 여의도 몬스터홀 제거가 정부에 있는 우리 쪽 사람들에게 타격이 컸나 봅니다. 나름 실적을 보여야 할 때라고 여긴 모양입니다. 저도 그렇게 생각하고요."

성태가 말을 이었다.

"여러분의 경험도 높고 저도 2레벨이 되었으니 실력 차이는 없다고 봐도 될 겁니다."

정찰을 위해 앞으로 나섰던 병사가 한쪽 건물의 창을 보더니 손을 들었다. 일행은 모두 정지해서 진형을 갖추었다. 앞쪽 병사는 방패와 창을 들고 서 있고, 뒤에는 쇠뇌를 든 병사가 겨냥하고 있으며, 성태는 가운데에서 양손을 들고 있다.

쾅!

길옆에 있는 건물의 2층 유리가 터져 나가면서 몬스터 한 마리가 튀어나왔다.

크와와왕!

몬스터는 길에 쓰러져 있는 차 위에 내려서더니 군인들을 보고 괴성을 질렀다. 2미터 정도의 키에 긴 꼬리가 있는 몬스터였다. 꼭 털 없는 거대한 긴 팔 원숭이 같았다.

괴성에 주위에 있는 몬스터가 하나둘씩 나타나기 시작했다.

"발사!"

이 열에서 이미 사격 자세를 취하고 있던 병사들은 바로 쇠뇌를 발사했다. 그리고 화살은 몬스터의 몸에 거의 다 맞았다.

쿠르르륵!

몬스터는 목에 맞은 화살을 움켜쥐고 자동차 아래로 굴러 떨어졌다. 그리고 연기로 변했다. 그 뒤로 같은 몬스터들이 군인들을 향해 달려들었다.

"자유 사격!"

몬스터들을 향해 화살이 쏟아졌다. 하지만 화살의 숫자에 비해 몬스터들의 숫자가 훨씬 많았다. 몬스터들이 가까이 접근했다.

"방패!"

앞 열의 방패를 든 병사들은 뒤쪽의 다리를 강하게 받치고 방패를 몸에 붙이며 충격에 대비했다.

쾅! 쾅!

방패와 몬스터들이 충돌했다. 다행히 방패는 버텼고, 그 몬스터들에게 화살과 창이 구멍을 뚫었다.

길성태는 주위를 둘러보다 뒤쪽에서 뛰어오는 몬스터를 향해 두 팔을 내밀었다. 그리고 팔에 힘을 주자 양손 가운데 허공에서 불꽃이 붉게 타오르기 시작했다.

"가라!"

성태의 말과 함께 불덩어리로 변한 불꽃은 몬스터를 향해 날아갔다. 그리고 그대로 몬스터에게 충돌했다.

쾅! 화르르르!

몬스터는 충격에 뒤로 넘어지면서 불타기 시작했다. 성태는 팔목을 잠시 보더니 다시 대기하기 시작했다.

방패와 충돌한 몬스터는 모두 군인들의 공격에 연기가 돼서 사라졌고, 뒤에 추가로 나온 몬스터는 성태에 의해 제거되었다. 군인들과 성태는 이상이 없는지 확인한 후 다시 움직이기 시작했다.

그 뒤로는 한두 마리의 몬스터밖에는 등장하지 않아 성태가 나설 필요도 없었다. 그리고 잠시 뒤 사거리에 도착했다. 사거리에는 큰 사고가 났었는지 사거리 중앙에 수십 대의 차가 엉겨 있었다. 그리고 여기저기 핏자국이 보였다.

이번에도 사람들은 보이지 않았다. 장교는 군인들을 정지시켰다. 분위기가 안 좋았다.

성태가 나서서 자동차들 쪽으로 불덩어리를 쏘아 보냈다.

슈우우우~

쾅!

자동차 한 대가 불덩이에 맞아 뒤집어지면서 불타기 시작했다. 그리고 자동차들 사이에서 몬스터들이 보이기 시작했다.

"모두 경계! 아까 본 놈들이다!"

하지만 그중에 좀 덩치가 더 큰 몬스터 두 마리가 보였다. 머리 하나가 더 높았다.

"뭐지? 엘리트는 아닌 것 같은데?"

성태는 다른 형태의 몬스터에 어리둥절했다.

"어쨌든 잡으면 되니까."

성태는 다시 양팔을 들었다.

군인들은 새로 나타난 몬스터에게 화살을 쏘아댔다.

파박!

파박!

퉁!

화살 중 몇 발이 박히지 않고 튕겨져 나갔다. 모두 덩치가 더 큰 몬스터에게 쏘아진 화살이다.

"큰 놈한테는 안 박힙니다!"

"작은 놈한테 집중하세요. 제가 상대합니다."

쇠뇌를 쏘던 군인의 말에 성태가 대답했다.

몬스터들이 달려오기 시작했고, 성태는 그중 큰 놈 한 마리를 향해 불덩어리를 쏘아냈다.

쾅!

불덩어리가 몬스터에 충돌하자 몬스터는 불덩어리를 맞은 충격에 나가떨어졌다.

"효과가 있다!"

장교가 소리치자 모두 용기백배하며 몬스터를 상대했다.

방패로 몬스터를 막던 병사 한 명이 창으로 몬스터를 찔러서 연기로 만들고 앞을 보았다. 앞에 덩치가 큰 몬스터가 병사에게 달려오고 있었다. 그는 방패를 굳게 잡고 몬스터를 막았다.

쾅!

"으악!"

몬스터를 막던 병사는 그대로 튕겨서 날려갔다. 몇 미터를 날려간 병사는 바닥에 누워서 일어나지를 못하고 끙끙거렸다.

"틈을 막아!"

장교는 그 모습을 보고 소리쳤다.

크아아앙!

다른 병사가 열린 틈을 막는 것을 확인한 장교는 갑자기 들리는 고함에 고개를 돌렸다. 그곳에는 불덩어리를 맞고 나가떨어졌던 몬스터가 검게 그을린 채로 일어서고 있었다.

"성태 씨! 다시 한 번!"

장교는 대답이 없어 뒤를 돌아보았지만 성태는 자리에 없었다.

"성태 씨는 어디 있나?"

"아까 몬스터에 튕겨진 병사를 데려온다고 움직였습니다."

"젠장. 맘대로 움직이면 어떻게 해?"

장교가 주위를 둘러보았지만 성태와 쓰러진 병사의 모습은 보이지 않았다.

"막을 수 없습니다!"

큰 몬스터를 방패로 막고 있는 병사가 소리쳤다. 몬스터가 긴 팔로 방패를 치자 방패가 움푹 파였다.

앞쪽의 쓰러진 자동차들 사이에서 큰 몬스터들이 더 나타났다.

"젠장!"

장교는 이를 악물었다.

쾅!

"으악!"

결국 방패병 한 명이 방패를 놓쳐 버렸다. 방패가 날아가 버렸다. 쓰러진 병사 위에서 몬스터가 씩 웃더니 큰 팔을 들어 올렸다.

쒺에엑!

픅!

팔을 들어 올린 몬스터의 팔에 화살이 꽂혔다. 그리고 몬스터의 움직임이 정지했다.

몬스터의 가슴에는 구멍이 뻥 뚫려 있었다.

몬스터는 천천히 뒤로 쓰러졌다. 놀란 병사가 뒤를 돌아보니 멀리 자동차 위에서 헤라가 발사된 쇠뇌를 들고 눈이 동그래져 있다. 차 옆에는 미리가 활을 들고 입을 크게 벌리고 있었다.

관통 강화의 위력에 다들 놀란 모양이다.

"뒤로 물러나요."

쓰러진 방패병 위로 큰 덩치가 나타났다. 재식이었다. 그리고 재식은 연기로 변한 몬스터 뒤로 달려드는 덩치 큰 몬스터를 방패 능력으로 쳐냈다. 몬스터는 뒤로 나뒹굴었다.

"염병할. 나도 빨리 구슬 먹어야 되는데."

재식의 폼 잡는 모습을 보고 호영이 그 옆에 붙으면서 투덜거렸다.

쿠아아앙!

몬스터들이 당하는 모습을 보고 자동차 위에서 있던 몬스터가 소리쳤다.

그 몬스터는 빛나는 창에 꽂혀 뒤로 날려가 버렸다.

그리고 마지막 남은 큰 몬스터 한 마리가 다른 차 위에 있다가 달아나기 위해 차에서 뒤로 점프했다. 그리고 머리가 검에 잘려 날아갔다.

성준은 몸만 남은 몬스터를 공중에서 박차고 차로 뛰어올랐다. 그리고 군인들에게 말했다.

"다친 사람들이 있으니 모두 경계 밖으로 대피하십시오. 이제부터는 귀환자 조합이 움직이겠습니다."

성태는 건물 모서리에 숨어서 군인들이 경계 밖으로 돌아가는 모습과 성준 일행이 안쪽으로 움직이는 모습을 보고 있었다. 그의 발밑에는 뇌진탕으로 죽어 있는 병사가 있었다.

성태는 이번에 큰 실패를 했다. 몬스터에게 자신의 공격이 전혀 안 통하는 것을 남보다 먼저 느끼고 부상당한 병사를 후송하는 식으로 위험한 지역을 빠져 나왔다. 그런데 성준의 일행이 너무 강했고, 부상당한 병사는 예상과 다르게 너무 빨리 죽어버렸다.

이대로 한국에 돌아갈 수는 없었다. 성태는 몬스터홀이 있는 쪽을 바라보고 주먹을 쥐었다.

*　　　*　　　*

병사들은 다친 전우를 부축하면서 경계 밖으로 돌아갔다. 성준은 그 모습을 보고 다시 전방을 바라보았다.

목표하는 엘리트 몬스터가 있는 곳은 앞으로 더 나아가야 했다.

성준은 일행과 함께 다시 전진했다. 주위를 둘러본 성준은 한국과 일본의 다른 점을 느꼈다. 한국과는 다르게 주위 건물의 창에 붙어 있는 일본인들은 대체로 조용하게 성준의 일행을 바라보고 있었다.

"전방 몬스터."

성준의 말에 앞으로 진행하던 일행은 모두 정지하며 바로 전투대형으로 전환했다.

전방에 쓰러진 자동차에 고개를 처박고 있던 몬스터가 고개를 들고 성준 등을 바라보았다.

카아악!

몬스터가 성준 등을 향하여 소리를 지르면서 달려왔다.

"사격!"

슈우우욱!

정 교관의 지시에 미리가 화살을 날렸다. 몬스터가 달려오다가 멈추며 땅을 굴렀다.

쾅!

구르다가 멈춘 몬스터의 머리에 주먹만 한 구멍이 생겼다.

그리고 연기가 돼서 사라졌다.

"나 좀 대단한 듯."

헤라가 코를 하늘로 쳐들고 자랑했다. 다들 그 모습을 보고 피식 웃더니 다시 앞으로 전진했다.

가로수를 들이받고 쓰러진 차 위에 몬스터가 나타났다. 몬스터는 차에서 뛰어내려 달려왔다.

슈우욱!

몬스터를 향해 화살이 날아갔다. 그런데 화살은 몬스터가 달려오면서 표적이 흔들리는 바람에 몬스터를 맞추지 못하고 뒤로 날아가 차에 큰 구멍을 뚫었다. 몬스터는 결국 정 교관의 창에 제거되었다.

"죄송해요. 다음부터는 무턱대고 안 나설게요."

헤라가 모두에게 사과했다. 하늘 높이 올라갔던 코가 정상으로 내려왔다.

옆으로는 메이지 신궁이 있다는 요요기 공원이 보였다. 그리고 반대편으로 상가 지역이 있다. 이곳 근처가 치료하는 엘리트 몬스터를 보았다는 지역이다.

"모두 주위를 잘 살펴요. 이 근처입니다."

성준의 말에 모두 정신을 바짝 차렸다. 일행이 조심스럽게 전진하고 있는 가운데 앞쪽에서 폭음이 들려왔다.

"제가 먼저 가서 확인하겠습니다."

성준은 말을 마치고 주위를 한 번 둘러보았다. 그리고 주위에 몬스터가 없는 것을 확인한 후 앞으로 뛰어나갔다. 코너를 둥글게 돌아 나가자 앞쪽에서 몬스터들과 전투를 벌이는 사람들이 보였다.

이곳까지 오면서 본 털 없는 긴팔원숭이 같은 몬스터 수십 마리가 사람들을 향해 달려들고 있었다.

몬스터가 달려들고 있는 반대편에는 성준 등과 같은 방검복으로 무장한 사람들이 있었다. 앞쪽 열에는 판금 갑옷을 입고 있는 사람도 있었다. 거의 서양인들로 보였다.

"파이어!"

중앙에 있는 사람이 외치자 중간 열에 있는 네 사람이 겨누고 있던 쇠뇌를 발사했다. 화살이 하얀 빛을 뒤로 날리면서 몬스터들을 향하여 날아갔다.

꽝!

그리고 몬스터에 맞은 화살이 폭발했다. 몬스터들은 맞은 부위가 터져 나가면서 바닥에 쓰러졌다. 벌써 바닥에는 많은 폭파 자국이 있었다.

몇몇 몬스터가 폭발하는 화살을 뚫고 사람들에게 접근했다.

"방패 들어!"

영어로 막으라는 명령에 앞에 서 있는 네 사람이 모두 방패를 들었다. 그들의 방패에서 재식과 같은 문양이 솟아났다. 방패 능력이었다.

몬스터들은 모두 뒤로 튕겨 나갔다. 그러자 방패 바로 뒤에서 지휘하던 사람을 포함한 세 사람이 방패 사이로 달려나가 몬스터를 검은 빛이 흐르는 창으로 찔렀다. 창은 두부를 뚫듯이 몬스터를 뚫고 들어갔다.

그 사이에 맨 뒤에서 등짐을 메고 있던 사람들이 가지고 있던 화살을 쇠뇌를 든 사람들에게 전달했다.

"와, 엄청 체계적인데요."

어느새 성준이 있는 곳에 일행이 도착했다. 앞의 광경을 본 하은이 말했다.

"능력을 쓰는 사람이 본 것만 열한 명이네요. 우리보다 많다."

"무기별로 다 똑같은 능력이다. 저거 분명히 원하는 몬스터 잡으려고 던전 뺑뺑이 엄청 돌았을 거야."

옆에서 사람들이 구시렁거렸다.

"아니면 국가 자체에서 구해주었을지도 모르지."

성준의 말에 모두 고개를 끄덕였다.

일행이 말하는 사이에 몬스터의 정리가 끝난 모양이었다. 지휘관이 성준 쪽을 보더니 다가왔다.

"혹시 한국 쪽 귀환자들입니까? 아까 본부 방향에서 한국 귀환자들이 새로 도착했다는 연락이 왔다고 일본 군인이 이야기하던데요. 밖에서 큰 전광판을 사용해서 연락한 모양입니다."

"예, 맞습니다. 미국 쪽 귀환자분들이십니까?"

성준은 영어로 물어본 것에 대해 한국어로 반문했다.

"예, 맞습니다. 스미스라고 합니다."

스미스의 어깨에는 소령 견장이 붙어 있다.

"반갑습니다. 최성준입니다."

성준이 스미스에게 물었다.

"밖에서 듣기로는 던전 지역을 빠져나오는 중이라고 들었는데요?"

"네. 더 안쪽으로 가고 싶어도 방법이 없습니다. 저놈이 지키고 있어서요."

스미스가 가리키는 방향에는 10층짜리 건물에 한 5층 크기의 몬스터가 올라가 있었다. 고릴라처럼 생긴 몬스터는 그 거대한 몸체를 웅크리고 건물 옥상에 앉아서 주위를 내다보고 있었다.

"멀리 있을 때는 괜찮은데 가까이 다가가면 난리를 피웁니다. 현재 대책이 없어서 경계 밖으로 나가려고 했는데 저희 쪽에서 대기하라는 연락이 왔답니다."

그렇게 이야기하던 스미스는 한쪽에 있는 일본 군인이 부르자 그리로 움직였다.

성준은 그동안 주위를 살핀 일행에게 치료 몬스터를 보았는지 물었다.

"이곳에는 없는 모양이에요. 계속 원숭이 몬스터만 보여요."

미리의 말에 모두 고개를 끄덕였다. 성준은 좀 더 생각해 보더니 일행에게 말했다.

"미국 귀환자들에게 무슨 방법이 있는 모양입니다. 그쪽 사람들 뒤를 쫓아서 좀 더 안쪽으로 움직여 봅시다. 최대한 조심하세요."

모두 성준의 말에 동의하자 다시 장비를 정비했다.

앞쪽에서 이야기가 끝났는지 스미스가 성준에게 다가왔다.

"지시가 내려왔습니다. 대형 몬스터가 있는 곳으로 움직이랍니다."

"방법이 있는 모양이군요. 저희가 뒤를 따라도 되겠습니까?"

"물론입니다."

스미스가 동의하자 각자 팀을 움직이기 시작했다. 앞서 움직이는 미국 귀환자들은 모두 체계적인 움직임을 보이면서 먼저 앞으로 나아갔다.

성준은 일행을 이끌고 조금 뒤에서 미국 귀환자를 따라 움직이기 시작했다.

미국 귀환자팀이 거대 몬스터가 있는 건물의 200미터 근처까지 다가가자 웅크리고 있던 몬스터가 몸을 일으켰다.

쿠그그그궁!

몸을 일으켜 옥상 위에 우뚝 선 몬스터는 미국 귀환자팀을 보고 큰 소리로 고함쳤다.

크아아앙!

미국 귀환자들이 움찔하고 멈추어 섰다. 그러자 몬스터가 건물 위에 있는 물탱크를 양손으로 뜯었다. 그리고 물탱크를 들고 미국 귀환자들을 바라보았다.

성준은 그때 머리끝이 곤두서는 느낌이 들었다.

콰앙! 슈우웅!

그리고 몬스터의 얼굴에 엄청난 폭음이 일고 몬스터가 건물 밑으로 떨어졌다. 그 뒤로 무언가 공기를 가르는 소리가 뒤늦게 들렸다.

앞에서 스미스가 성준에게 손짓하며 말했다.

"갑시다. 앞바다에 구축함이 도착했어요. 레일건입니다."

성준과 일행은 미국 귀환자들을 따라 건물 앞을 지나갔다.

"역시 미국. 외계인을 막기 위해 무기를 만든다는 말이 맞아."

활은 든 소영이 성준의 뒤에서 미리한테 쑥덕거렸다.

크아아앙!

먼지가 피어오르는 건물 뒤에서 갑자기 분노에 찬 고함 소리가 들렸다.

쾅! 쿠르르릉!

건물 옥상에서 큰 소리가 나더니 건물 유리창이 다 깨져 밑으로 쏟아졌다. 일행은 맞지 않으려고 열심히 뛰었다.

성준은 달리면서 고개를 돌려 건물 옥상을 바라보았다. 건물 옥상에는 몬스터가 다시 올라가 있었다. 얼굴 한쪽에서 피를 철철 흘리고 있었다.

―밀림 유인원 실험체 각성 버전.

―2등급.

―밀림 지형 테스트를 위해 제조.

―특이 능력 각성: 원거리 포격, 고공 점프.

―강점: 강력한 점프를 할 수 있다.

―단점: 감정의 기복이 심하다.

―분노, 분노, 분노.

쾅!

갑자기 몬스터가 건물 위에서 점프했다. 건물이 그 충격에 흔들거렸다. 그리고 몬스터 뒤쪽의 높은 건물이 레일건을 맞고 무너져 내렸다.

몬스터는 하늘 높이 올라가 한쪽 손으로 레일건이 날아온 방향을 가리켰다. 그러자 그 손 앞에서 검은 연기가 뭉치더니 검은색의 커다란 구슬이 되었다.

그리고 그 구슬은 몬스터의 팔이 가리키는 방향을 향해 엄청난 속도로 쏘아졌다.

쾅!

구슬을 쏘아 보낸 몬스터는 다시 건물 옥상에 내려섰다. 그리고 바다 쪽을 힐끔 보더니 건물 위에 쭈그려 앉았다. 다시는 레일건이 발사되지 않았다.

다행히 일행은 몬스터가 레일건에 신경 쓰는 사이 무사히 몬스터를 지나왔다. 미국 귀환자들은 바다 쪽 상황이 걱정되는지 얼굴빛이 좋지 않았다.

성준이 스미스에게 이야기했다.

"먼저 가십시오. 저희는 잠시 정비를 좀 해야겠습니다."

성준 일행은 늦게 움직여서 머리와 몸이 건물에서 떨어진 먼지와 유리 가루 등으로 엉망이었다.

스미스는 고개를 끄덕이더니 먼저 출발했다.

성준은 일행을 보면서 이야기했다.

"이제 엘리트 몬스터를 찾읍시다."

일행은 몸의 먼지를 툴툴 털고 바로 수색을 시작했다. 그리고 얼마 안 가 성준은 시장 골목 한쪽에서 가게들을 부수고 있는 몬스터들을 보았다.

"찾았다."

그곳에 텔레비전에서 본 그 몬스터가 있었다. 성준은 휘파람으로 일행에게 알렸다. 그 소리에 몬스터들이 성준을 바라보았다.

크아아악!

걸어 다니는 늑대같이 보이는 몬스터들이 성준을 향해 달려들었다. 그 뒤로 천천히 화려한 머리 깃을 하고 있는 엘리트 몬스터가 따라왔다.

성준은 일행이 모이기로 한 곳으로 달리기 시작했다.

짧은 달리기 끝에 성준은 일등으로 일행이 있는 곳에 도착할 수 있었다. 그 동안 일행은 모두 모여 있었다. 성준은 달려가면서 전에 정해둔 사인을 했다. 일행이 진형을 갖추었다.

성준을 쫓아오는 바람에 몬스터들은 일렬로 늘어서 있었다. 그리고 천천히 쫓아오는 엘리트 몬스터와는 좀 더 거리가 있었다.

쇠뇌를 든 여성들이 앞의 몬스터에게 화살을 쏘았다. 날아오는 화살을 성준은 옆으로 날아서 피했고, 몬스터들은 화살에 정통으로 뚫렸다.

거기다 가끔 날아가는 관통 화살은 일격에 즉사할 정도였다.

캬악!

뒤에서 여유 있게 오던 몬스터는 소리를 지르면서 쓰러진 몬스터들을 향해 달려갔다.

멀쩡한 몬스터들은 일행에게 달려들었고, 쓰러진 몬스터들을 엘리트 몬스터가 치료하기 시작했다.

엘리트 몬스터는 쓰러진 몬스터에게 손을 가져다 댔다. 손에서 빛이 나는 순간 엘리트 몬스터에 화살이 꽂혔다. 엘리트 몬스터의 몸이 굳었다. 하지만 곧 몸에서 빛이 나더니 마비가 풀려 버렸다.

엘리트 몬스터는 화살이 날아온 방향을 보았다. 그리고는 다시 화살을 몸에 맞았다. 다시 덜컥 몸이 멈추었다. 그리고 또 빛이 나서 풀리고, 바로 다시 화살이 날아 엘리트 몬스터의 몸을 멈추게 했다.

미리 등이 순서에 맞추어 화살을 날린 것이다.

그렇게 세 발의 화살이 몬스터의 몸을 멈추게 했을 때 옆을 돌아 몬스터의 뒤로 돌아온 성진은 검으로 몬스터의 목을 베어버렸다.

츄아아악!

몬스터의 몸에서 검은 연기가 피어오르고 구슬이 떨어졌

다. 성준은 구슬을 줍고서 일행을 바라보았다.

일행에게 덤벼든 모든 몬스터가 연기가 되었다. 성준은 구슬의 정보를 확인하면서 일행에게로 갔다.

─영기보석 영기치료 레벨 1.

─레벨 1 영기 성장치 100 검투사를 2레벨 검투사로 만듦.

─레벨 2 이하의 검투사의 영기 성장치를 증가시킴.

─영기 치료가 추가됨.

─영기 치료 시 영기 사용량 많이 듦.

─적용 방법: 먹기.

영기보석을 본 호영이 입에 침을 흘리면서 말했다.

"내가 먹지. 치료하면서 싸우는 성기사를 꼭 해보고 싶었어."

손을 번쩍 든 호영의 굵은 팔의 문신이 땀에 빛나고 있었다.

치료 영기보석은 결국 하은이 차지하게 되었다.

호영의 주장은 여성진 전체의 반대에 제압당했다.

"무서워서 싫어요. 호영 아저씨가 그 덩치로 치료해 준답시고 손들고 다가오면 엄청 무서울 것 같아요."

여고생 트리오 중 소영의 말에 여성들은 고개를 끄덕였다. 그 모습을 본 미영이 고개를 갸웃거렸다.

"호영 씨는 귀여운데?"

"……."

일행은 우선 구슬을 복용하기로 했다. 멀쩡한 가게 한곳을 정해 안에서 구슬을 먹도록 하고 가게 밖에서 반원으로 진형을 갖추어 하은을 보호했다.

하은은 고통스러운 5분여를 보내고 2레벨이 되었다.

"치료해 봐."

하은이 정신을 차리자 성준은 칼을 꺼내 손바닥을 그었다.

촤악!

"뭐 하는 거예요?"

하은이 깜짝 놀라 성준의 손을 잡았다. 하은이 성준의 손을 잡고 인상을 쓰자 그녀의 손이 빛났다. 그리고 성준의 손에 나 있는 상처가 점점 사라져 갔다.

그리고 잠시 뒤 손의 상처가 완전히 사라졌다. 성준은 바로 하은에게 영기분석을 사용했다.

—검투사 정보.

—영기 레벨 2.

—영기 성장치 0.

―영기 70.

―정신 방어 레벨 1 영기 치료 레벨 1.

―영기 능력치 130.

'작은 상처에 30을 사용했으니 영기가 엄청 소모되는군. 그런데 정신 방어라는 능력이 생겼네?'

그동안 계속된 하은의 담대한 성격이 개인적인 능력이었던 모양이다.

'정신 공격을 방어하는 것인가?'

성준은 고개를 흔들었다. 어차피 좋은 일이다. 성준은 다른 부분을 하은에게 물었다.

"어때? 영기 회복은 잘돼?"

하은이 인상을 썼다.

"잘 안 돼요. 원래 이렇게 영기가 늦게 차는 거예요?"

성준은 영기분석으로 하은의 정보를 확인했다. 다른 사람보다 영기의 회복 속도가 몇 배나 느렸다.

"회복 능력의 약점인가? 곤란한데. 또 다른 점은 없어?"

"그리고 꼭 몸에 대고 다른 사람의 영기를 느껴야 해요. 아마 보통 사람한테는 효과가 없을 것 같아요."

"아, 그거 아쉽다. 보통 사람도 회복되면 성녀 등장인데."

"밖에서는 영기 회복 안 되잖아. 한 명 구하면 바로 몬스터홀 가야 할 걸."

보람과 헤라가 아쉽다고 입을 다셨다.

성준은 다시 일행을 모았다.

"이제 저희의 목표는 다 이루었습니다. 문제는 밖으로 나가기가 힘들다는 것입니다. 우리 뒤쪽에 2레벨 엘리트 몬스터가 있습니다."

성준은 일행을 둘러보고 말을 이었다.

"이 자리에 멈추어 있을 수도 있습니다. 하지만 아까 본 엘리트 몬스터와의 거리도 가깝고 미국인들하고 이야기한 것도 있고 해서 이제 거리가 얼마 안 남은 몬스터홀로 가보았으면 합니다."

성준은 또 몬스터홀의 문양도 확인할 필요가 있었다.

"우리는 몬스터홀에 들어갈 필요는 없을 것 같습니다. 저들이 몬스터홀로 들어가는 것을 지원하고 밖에서 대기하도록 했으면 합니다. 다른 의견이 있으신 분?"

모두 성준의 의견에 동의했다. 일행은 미국 귀환자들을 따라잡기 위해 움직였다.

일행은 수도 고속도로 신쥬쿠 선에 올라 도쿄 도청을 향해 달려갔다. 다행히 고가도로에는 앞의 미국 귀환자팀이 다 잡았는지 몬스터는 보이지 않았다.

일행은 멀리 고층 건물 사이를 지나가는 거대 몬스터를 배경으로 고가도로 위를 달려갔다. 멀리 있는 건물들이 하나둘 거대 몬스터에 의해 무너져 내리고 있었다.

일행이 미국팀을 따라잡은 것은 몬스터홀에 가까이 다가가서였다.

쾅! 쾅!

슉! 펑!

도쿄 도청 쪽에서 전쟁터처럼 엄청난 소리가 났다. 일행은 고가도로의 난간을 붙잡고 도쿄 도청 쪽을 바라보았다. 그쪽에서는 영화의 한 장면이 펼쳐지고 있었다.

여의도 때 보았던 4미터 정도의 갑옷을 입은 몬스터들이 사람들과 싸우고 있었다.

―코어 방어 가디언.

―3등급.

―수림족: 강력한 힘과 방어력, 그리고 낮은 지성 보유.

―약점: 한 부분을 방어 강화 시 다른 부분의 방어 능력 낮아짐.

―마스터: XXX.

―흥분.

―대상의 마스터 능력에 의해 정보가 일부분 제한됩니다.

성준이 확인해 보니 그 몬스터가 맞았다. 외부 던전 발생 시에 이 몬스터가 몬스터홀을 방어하는 모양이다.

일행의 앞쪽에는 미국 귀환자팀이 진형을 갖추고 녀석을 상대하고 있었다. 진영의 중간에 있는 쇠뇌팀이 그들의 폭발 화살을 쇠뇌로 발사했다.

슈유웅!

쾅!

폭발 화살은 몬스터의 얼굴을 향해 쏘아졌고, 몬스터는 빛나는 두 팔로 얼굴을 감싸 폭발을 막아냈다. 몬스터는 막았던 손을 내리고 고함을 쳤다.

크아아앙!

그리고 몬스터는 들고 있는 몽둥이를 미국 귀환자들이 모여 있는 곳으로 던져 버렸다. 몽둥이는 빙글빙글 돌면서 귀환자 일행에게 날아가 충돌했다.

쾅!

큰 충돌 음과 함께 몽둥이가 튕겨 나갔다. 미국 귀환자들은 무사했다. 앞 열 귀환자들의 방패에서는 문양이 빛나고 있었다.

쿠아앙!

몬스터는 더 성질이 나는 모양이었다. 바로 검은 연기로 몽둥이를 소환했다. 그리고 미국 귀환자들에게 달려들었다.

멀리 있는 몬스터의 싸움은 더 가관이었다. 이쪽은 거의 일대일로 싸우는 분위기였다.

한 20층 정도 되는 높이의 건물 아래쪽에 동양인들이 자동차를 이용해 바리케이드를 쳐놓고 쇠뇌를 이용하여 농성하고 있었다. 하지만 그 건물의 앞쪽 몬스터는 그 사람들을 신경도 쓰지 않았다.

슈우욱! 퍽!

그 건물 옥상에서 반원의 검은색 기운이 몬스터를 향해 날아왔다. 몬스터는 빛을 뿜는 손으로 막았지만 손에 붉은 선이 그어지더니 피가 튀었다. 이미 그 팔에는 갑옷이 잘려 나가 있고 여러 줄의 선이 그어져 피가 흐르고 있었다.

크앙!

몬스터는 피를 보더니 바로 손에 들고 있는 몽둥이를 던졌다. 몽둥이는 건물의 옥상을 향해 날아가 건물의 옥상 아래층에 적중했다. 그리고 그 먼지 사이로 사람 하나가 뛰쳐나와 공중을 날았다.

건물 아래에 있던 사람들은 머리 위에서 쏟아지는 물체에 기겁하면서 사방으로 도망쳤다.

하늘을 자유롭게 날던 그 사람은 옆 건물에 올라서더니 다시 검에서 검은 연기를 만들어낸 후 마치 중국 영화에서 검기를 쏘아내듯이 몬스터를 향해 검은 기운을 쏘아 보냈다.

성준 일행은 입을 떡 벌리고 광경을 지켜보았다.

"우리도 항상 저 정도는 싸워왔어요."

성준의 말에 모두 정신을 차렸다. 생각해 보니 자신들이 여태 지나온 싸움도 만만치 않은 내용의 연속이었다.

그때였다. 앞쪽에서 치열하게 몬스터의 공격을 방어하고 있는 미국 귀환자팀 옆으로 몬스터 한 마리가 더 나타났다.

미국팀은 정신이 없었다. 앞쪽의 몬스터는 방패 능력으로 막을 수 있지만 뒤쪽 몬스터에게 지원팀이 쏠려 나가게 생겼다.

"뒤쪽 놈은 우리가 상대합시다. 지금 보니 방어할 때 생기는 빛은 몸 한곳에서만 생깁니다."

성준의 말에 정 교관이 안대를 슬쩍 고쳐 쓰고 일행을 지휘하기 시작했다.

"혜라 씨, 한 발 쏴요. 시선을 돌립시다."

혜라가 쇠뇌를 몬스터를 향하고 하고 바로 화살을 쏘았다. 몬스터가 커서 빗나갈 염려가 없었다.

슈우욱! 퍽!

다행히 화살은 몬스터의 갑옷이 없는 허벅지에 박혔다. 화살은 관통은 못했지만 주먹만 한 구멍을 만들었다.

몬스터 다리에서 피가 솟구쳤다. 몬스터는 비명을 지르더니 성준의 일행 쪽으로 몸을 돌렸다.

"방패 방어 준비! 쇠뇌 자유 사격! 활 대기!"

몬스터가 몸에 박히는 화살들을 무시하고 일행을 향해 뛰어왔다.

쿵쿵쿵쿵!

성준은 몸을 날리기 위해 잔뜩 몸을 움츠렸다. 옆에서는 정교관이 창을 생성해 몸 뒤쪽으로 창을 한껏 젖히고 있었다.

성준이 앞으로 몸을 날렸다. 충분히 한 번에 닿을 거리였다. 몬스터는 팔에 빛을 빛내면서 성준을 후려쳤다. 성준은 검에 영기를 가득 주입해 날아오는 팔을 내려쳤다.

쾅!

성준과 주먹은 서로 반대로 튕겼다. 몬스터는 뒤로 휘청거렸다. 그때였다. 창 한 자루가 빛을 내면서 몬스터에게 날아왔다. 몬스터는 다른 팔을 들어 약한 빛으로 겨우 창을 막아냈다.

퍼퍼퍽!

그 뒤로 세 발의 화살이 갑옷이 없는 몬스터의 허벅지에 꽂혔다. 몬스터는 창을 막는 모습으로 움찔 굳었다.

그리고 반대로 튕겼던 성준이 허공 도약을 사용해서 몬스터에게 다시 날아갔다. 성준은 허공을 박찬 다리가 아파 온 인상을 찡그렸다.

츄아악!

칼이 몬스터의 목을 가르고 지나갔다. 몬스터의 목에서 많은 피가 뿜어졌다.

치명타는 아니지만 상당한 데미지를 입힌 모양이다. 몬스터는 손으로 목을 잡고 비명을 질렀다.

크아아악!

성준은 몬스터를 스치고 지나가서 앞쪽에 있는 건물에 부딪치면서 검을 박아 넣었다.

쨍그랑!

성준의 몸이 건물에 부딪치는 순간 유리창이 박살 나면서 안으로 굴러갔다. 벽에 붙인 거울로 생각했는데 유리창 부분이었나 보다.

몬스터는 유리창을 뚫고 들어간 성준 쪽을 바라보더니 손에서 피를 흘리면서 그 자리를 벗어났다. 그리고 점점 멀어져 갔다.

그리고 몬스터의 비명 소리에 공격을 멈춘 다른 몬스터도 모두 그 자리에서 몸을 돌려 멀어져 갔다.

미국 귀환자들도, 멀리 건물 지붕에 서 있던 사람도 모두 성준 일행을 바라보았다.

성준은 절뚝거리면서 창 쪽으로 다가갔다. 온몸이 아팠다. 유리창을 박살 내고 사무 집기를 들이박아 온몸이 쑤시고 결렸다.

"내가 처음으로 치료 받을 줄은 몰랐군."

성준은 아래를 내려다보았다. 4층 높이다. 성준은 팔목을 보고 훌쩍 아래로 뛰어내렸다. 그리고 허공 도약으로 중간에 한 번 몸을 튕겨 땅에 내려섰다.

일행이 모두 성준에게 다가왔고, 성준은 하은에게 최초로 치료받는 사람이 되었다.

일행은 미국팀에게 다가갔다. 미국팀이 일행을 바라보는 표정이 변한 것 같다.

스미스는 성준에게 이야기했다.

"대단했습니다. 멋진 실력이군요."

"감사합니다. 그런데 저 앞쪽 분들은 누구인지……?"

"아, 중국 귀환자분들이십니다. 몬스터홀에 진입하려다가 몬스터들과 싸움이 붙은 모양이더라고요. 저희도 합류했는데 몬스터 숫자가 계속 늘어나서 교착 상태였습니다."

스미스의 말에 성준은 고개를 끄덕였다. 미국팀과 한국팀은 함께 몬스터홀 방향으로 걸어갔다. 그리고 앞쪽에서 부상을 치료하고 있는 중국 귀환자들을 만났다. 건물의 잔해에 많이 다친 모양이다.

성준은 아까 날아다니던 사람을 보았다. 중키에 머리가 산발인 상태로 검방복 아래로 옷이 삐져나와 있다. 얼굴을 덮은

머리카락으로 인해 얼굴이 어두워 보이는데 머리카락 사이로
두 눈만은 번쩍이고 있었다.

"중국에서 오신 쥔차이라고 하십니다."

스미스가 성준에게 소개했다.

"안녕하십니까. 한국 귀환자팀의 최성준입니다."

성준은 악수를 청하면서 습관적으로 정보를 확인했다.

─검투사 정보.

─영기 레벨 3.

─영기 성장치 15.

─영기 115.

─동족 영기 강탈 레벨 2, 영기비검 레벨 2, 비행 레벨 1.

─영기 능력치 175.

성준은 팔을 뻗치다 움찔하고 멈추었다. 동족 영기 강탈이
라니! 다행히 상대편이 인사를 받지 않아 성준은 손을 다시
내릴 수 있었다.

'항상 혼자 돌아왔다더니 설마……?'

성준은 빤히 상대를 바라보다가 스미스에게 물었다.

"이제 몬스터홀로 가면 됩니까?"

스미스는 묘한 분위기에 고개를 갸웃하다가 말했다.

"네. 우선 몬스터홀까지 가서 이야기하죠."

일행은 모두 몬스터홀에 도착할 수 있었다. 이곳 몬스터홀은 도쿄 도청 앞 도로 한가운데 나 있었다. 사방에 쳐진 바리케이드는 엉망이 된 상태였다.

성준은 우선 몬스터홀을 내려다보았다.

―영기 연결진.

―영기 투영진과 2레벨 던전을 연결함.

―코어 존을 제외한 모든 2레벨 던전이 지구 존에 재구축됨.

―약점: 코어 존에 있는 코어 보석을 제거하면 영기 투영진을 회수함.

―전환 시간까지 한 시간.

정보가 확장된 것을 확인했다. 남은 시간은 한 시간이었다. 성준은 주위를 둘러보았다.

자신의 일행은 모두 한쪽에 모여서 주위를 둘러보고 있었다. 분위기는 나쁘지 않았다.

미국팀은 군대같이 딱딱한 모습으로 경계 중이고, 중국팀은 아까 본 3레벨 귀환자를 제외하고는 어딘가 주눅이 든 어두운 모습이었다.

"인원을 보니 정예로 추려서 가거나 부상자와 지원팀을 제외하고 두 팀 정도가 가는 것이 좋을 것 같습니다."

40명 정도가 한계인 몬스터홀에 다 들어갈 수 없었다. 스미스의 말에 성준이 대답했다.

"저희가 남아서 부상자를 보호하겠습니다."

성준은 냉큼 남겠다고 했다. 처음부터 별로 들어갈 생각이 없었지만 방금 본 중국인과는 절대 같이 들어가고 싶지 않았다.

스미스는 중국팀과 이야기하더니 모두 동의해서 성준의 말대로 결론을 지었다.

스미스가 일행 앞에서 이야기했다.

"지금부터 중국과 미국팀이 몬스터홀을 공략하겠습니다. 한국팀이 이곳에 남아서 지원팀과 부상자들을 보호한다고 합니다. 모두 준비하시기 바랍니다."

그때였다. 쓰러진 자동차 뒤에서 한 명이 나와 소리쳤다.

"잠깐! 한국도 몬스터홀 공략에 참여하겠습니다! 제가 대표로 참여하죠! 2레벨 귀환자입니다!"

나타난 사람은 먼지를 뒤집어쓴 길성태였다. 이곳에 숨어서 기다린 모양이다. 그는 스미스 앞에 다가와 말했다.

"한국 정부 대표로 온 사람입니다. 제가 대표로 참여하겠습니다."

성태는 말을 하고 성준을 노려보았다. 성준은 성태를 마주보다 피식 웃고는 성태의 말에 동의했고, 성태는 몬스터홀에 들어가게 되었다.

성준은 스미스를 따로 불렀다.

"쿤차이를 조심하십시오. 여태껏 몬스터홀을 혼자 나왔다고 합니다."

"아, 그 정보는 저희도 들었습니다. 걱정 마십시오. 별문제 없던 모양이고 저희는 강합니다."

"그리고 자신의 팀 말고는 믿지 마세요. 한국 사람을 포함해서요."

스미스는 이상한 눈으로 성준을 보았지만 어쩔 수 없었다. 그리고 그들은 몬스터홀로 사라졌다.

"괜찮을까요, 모두들?"

성준에게 다가와 걱정스럽게 말하는 하온에게 성준이 말했다.

"우리부터 걱정하는 것이 좋을 것 같아. 모두 전투 준비!"

멀리서 아까 떠났던 몬스터가 다시 다가오는 것이 성준의 눈에 보였다.

성준 일행에게 다가온 갑옷 입은 몬스터는 그 거대한 덩치를 드러내고 일행의 200미터 정도 밖에서 좌우로 슬금슬금 움직였다.

정 교관은 모두에게 진형을 갖추도록 지시했다. 중국의 부상자와 미국의 지원팀은 몬스터홀 너머로 보내 도쿄 도청 아래에 있도록 했다. 그리고 성준 일행은 항상 몬스터와 상대하던 배치로 자리를 잡았다.

"간 보기인가?"

정 교관이 계속 움직이기만 하고 접근하지 않는 몬스터를 보고 말했다. 성준은 정 교관의 말에 주위를 둘러보면서 감각을 활성화했다. 전에 본 대로라면 이놈들은 의외로 똑똑했다.

성준이 주위를 둘러보니 성준의 예상대로 옆쪽 건물 2층과 3층 사이의 모서리에 큰 손가락이 벽을 잡고 있는 것이 보였다. 역시 양동작전이었다.

성준은 정 교관에게 눈짓으로 손가락을 가리킨 후 먼저 뛰쳐나갔다. 이제부터는 어떤 상황이 되더라도 최대 한 시간도 남지 않았다. 버티면 되는 것이다.

성준은 건물 아래에 도착한 후 바로 능력을 사용해서 건물 벽에 붙어서 대각선으로 뛰어올랐다. 목표는 몬스터의 손가락이었다. 성준은 벽에 붙어서 모서리를 향해 날았다.

성준이 몬스터의 손가락에 거의 다가갔을 때다. 감각을 활성화하고 있는 성준의 눈에 손가락에 희미하게 빛이 도는 것이 보였다.

"이것도 함정인가?"

성준은 벽을 차며 위로 솟구쳤다. 그리고 앞의 창문 너머를 확인했다. 빈 사무실이다. 성준은 바로 등 뒤의 허공에 발을 찍었다.

팡! 쨍그랑!

허공을 박차는 소리가 들리더니 성준은 두 손으로 머리를 감싸 쥐고 유리창을 깨고 사무실로 뛰어들었다.

성준이 빈 사무실 공간을 날아서 지나가자 성준 주위로 기둥이 휙휙 지나갔다. 성준은 기둥 사이를 지나가면서 검을 만들어냈다. 목표는 옆쪽에 숨어 있는 몬스터였다. 유리창 밖으로 몬스터의 팔이 보였다.

성준은 마지막 기둥을 가까스로 스쳐 지나가면서 다시 한 번 유리창을 깨고 사무실을 뛰쳐나갔다. 그리고 검을 아래로 하고 능력을 사용하면서 몬스터의 팔을 가르면서 지나갔다.

성준이 날아가는 뒤에서 피가 튀더니 몬스터의 비명이 들렸다. 성준은 앞에 보이는 나무를 보면서 생각했다.

'영기가 부족해.'

성준은 나무속으로 처박혔다.

피가 나던 몬스터는 다시 뒤로 후퇴했고, 멀리서 유인하던 몬스터는 그 비명 소리에 다시 일행의 시야에서 벗어났다.

성준은 나뭇가지에 걸친 채로 이제 치료가 되니까 자신이 너무 무식하게 움직이는 것이 아닐까 고민했다.

시간은 계속 흘러갔다.

*   *   *

코어 던전은 여의도 코어 던전과 차이가 없었다. 커다란 체육관 크기의 정육면체 형태의 모양을 한 광장이었다. 광장은 천장에 빛나는 돌이 수없이 박혀 있어서 대낮같이 환한 상태였다

그리고 그 코어 던전 안은 지금 전투 중이었다. 앞쪽은 미국 귀환자들이 철저하게 병진으로 몬스터들을 틀어막고 있었고, 뒤에서 쥔차이가 영기가 모일 때마다 영기비검을 날려 2레벨 몬스터들을 갈라 버리고 있었다.

그리고 다른 중국 귀환자들은 미국 귀환자들 옆에서 계속 쇠뇌를 날리고 있었다. 길성태도 뒤에서 영기를 모아 1레벨 몬스터들에게 불을 붙었다.

이 조합은 의외로 효력을 발휘하고 있었다. 공중의 문양에서 몬스터가 나오는 족족 제거하고 있어서 잘하면 큰 사고 없이 코어를 파괴할 수 있을 것 같았다.

쥔차이는 비검을 날리면서 슬슬 쇠뇌를 날리고 있는 2레벨

귀환자에게 접근했다. 이 미국 귀환자는 전투 중에 밀려서 뒤쪽에 따로 떨어져 있었다.

쥔차이는 미국 귀환자 뒤로 다가가 귀환자의 입을 막고 등에 검을 꽂았다.

그리고 쥔차이는 몸속의 영기를 움직였다. 미국 귀환자의 영기가 쥔차이의 몸으로 빨려들어 가기 시작했다. 잠시 뒤 귀환자의 몸은 쥔차이에게 기대어 축 늘어지더니 연기가 되어 사라졌다.

온몸에 느껴지는 충만함에 쥔차이는 몸을 부르르 떨었다. 그리고 몸을 추스른 쥔차이는 주위를 둘러보았다. 아무도 못 본 것을 확인한 쥔차이는 다음 타깃을 찾기 위해 눈을 번뜩였다.

성태는 쥔차이가 주위를 둘러보는 모습에 식은땀을 흘렸다. 조금 전 몸에서 낯선 감각이 날카롭게 반응해서 주위를 둘러보다가 쥔차이가 다른 귀환자를 살해하는 모습을 보았다.

성태는 바로 고개를 돌려서 모르는 척했지만 긴장으로 손이 떨렸다.

성태는 쥔차이가 여태 던전에서 혼자 살아나왔다는 이야기를 들은 것이 생각이 났다. 성태는 건성으로 전투를 하면서 미친 듯이 살아남을 방법을 연구하기 시작했다.

                    *   *   *

　일행에게 돌아온 성준은 하은에게 치료를 받았다.

　"오빠는 제발 몸조심 좀 해요. 혼자만 벌써 두 번 치료 받은 것 알아요?"

　"나도 잘못했다고 생각해."

　성준은 하은의 걱정스러운 투덜거림을 넘기고 주위를 둘러보았다. 아직 몬스터가 다시 덤비려는 모습은 보이지 않았다. 이미 시간은 많이 흘러갔다. 슬슬 끝내지 못하면 위험한 시간이었다. 성준은 위를 올려다보았다.

　─영기 투영진 3레벨.

　─진의 아래쪽으로 영기 지역을 선포한다.

　─영기를 모아 2레벨 엘리트 이하의 몬스터를 생성한다.

　─일반인을 예비 진입자로 전환한다.

　─약점: 코어 던전의 코어 보석을 제거한다.

　전에 여의도 때 본 것의 몇 배나 되는 검은 문양이 하늘에서 돌고 있다.

　얼마 뒤 하늘의 문양이 변하기 시작했다. 문양은 다른 형태로 변하고 회전이 정지되었다. 그리고 문양에서 검은 연기가 아래로 내려오기 시작했다.

성준은 급하게 문양을 영기분석해 보았다.

―진입자 전환진 3레벨.

―진 아래쪽의 모든 예비 진입자를 진입자로 전환한다.

―모든 몬스터는 영기로 소환한다.

성준은 바닥으로 내려오는 연기를 어이없이 바라보았다. 들어간 사람들은 실패한 것이다.

"시간 오버되었어요! 몬스터홀로 가봐요! 나오는 사람이 있을지도 몰라요!"

성준은 사람들에게 소리치고는 몬스터홀로 달려갔다. 다른 사람들도 모두 몬스터홀로 달려갔다. 그리고 몬스터홀에 도착한 사람들은 걱정스럽게 몬스터홀 바닥을 내려다보았다.

잠시 뒤 몬스터홀의 바닥 문양이 빛을 뿜었다. 그리고 빛이 사라지자 바닥에는 두 사람이 있었다.

나타난 사람은 길성태와 쥔차이였다. 두 사람은 서로 노려보고 있었다. 성준은 감각을 활성화시켜 두 사람을 바라보았다.

　　　　　　*　　　*　　　*

　몬스터홀 바닥에서 쿼차이는 길성태에게 으르렁거렸다. 지하 깊은 곳의 악마가 내뿜는 숨결 같았다.

　"네놈이 뭔데 내 계획을 다 망쳤지?"

　성태는 위쪽을 바라보고 사람들이 그들을 보는 것을 확인한 후 긴장을 풀었다. 성태는 먼지가 묻은 옷을 정돈하면서 쿼차이에게 말했다.

　"그럼 내가 당신한테 살해당하게 생겼는데 가만히 있습니까? 살아날 방법을 찾아야지요."

　"그게 우리 편 진영을 무너뜨리고 몬스터를 끌어들여 난전을 만드는 건가?"

　"어차피 당신에게 살해당할 바에야 조금이나마 살 방법을 찾아야지요. 지금 살아 있지 않습니까?"

　쿼차이는 눈을 번뜩였다.

　"네가 살았다고 자신하나?"

　"여태 귀환자들의 기운을 먹는다는 것을 다른 사람에게 들키지 않았잖습니까?"

　성태가 위쪽을 가리키면서 말했다.

　"당신도 관객이 많으니 자제하겠지요. 그리고 비밀은 지켜드리겠습니다. 저도 떳떳하지를 않아서요."

성태는 위의 사람들에게 손을 흔들고 위로 올라가기 위해 로프에 손을 올렸다. 쿤차이는 뒤에서 눈을 감았다.

하지만 몬스터홀 밖으로 나온 성태의 얼굴은 어두웠다. 실패를 만회하고자 들어갔던 던전도 실패하고 오히려 적을 만들어 버렸다. 이대로 한국에 돌아가면 모든 실패를 뒤집어쓰고 나락으로 떨어져 전전긍긍하며 살 것이 분명했다.

성태는 잠시 고민하더니 한쪽에 서서 슬퍼하고 있는 미국 지원팀을 보고 그쪽으로 걸어갔다.

도쿄 던전화 사태는 큰 비극으로 막을 내리게 되었다. 예상하지 못한 던전화의 확장으로 엄청난 인원이 팔에 숫자가 새겨진 넘버 피플이 되어버렸다.

만약의 사태에 대비한 미국의 귀환자 전투조가 모두 사망하고 중국도 부상자와 쿤차이를 제외한 전원이 사망함으로써 각국이 비상이 걸렸다.

한국은 그나마 사망자가 없었지만 길성태가 미국으로 망명하는 바람에 문제가 복잡해져 버렸다.

도쿄 공항에서 한국으로 돌아갈 준비를 하는 한국 귀환자 조합은 다른 나라에 비해 그나마 다행이었다. 다른 사람의 불행은 안됐지만 원하는 목표를 이루었고 다친 사람도 없었다.

성준은 대합실에서 창밖을 내다보면서 고민에 잠겨 있었다. 그 모습을 보고 보람이 다가왔다.

"몬스터홀에서 길성태가 돌아오는 것을 보고 나서부터 뭔가 고민이 있는 것 같은데 괜찮으세요?"

성준은 다가온 보람을 보고 정신을 차렸다.

"아, 죄송합니다. 쿤차이 때문에 좀 고민이 생겼네요. 참, 보람 씨는 길성태가 저렇게 떠나 버렸으니 기분이 그렇겠네요."

"뭐, 이제 신경 안 쓰는 사람이니까요. 언젠가 다시 만날지도 모르지만 나쁜 생각만 나서 신경을 안 쓰려고 해요."

성준은 보람의 말에 고민을 접었다. 성준이 보람에게 말했다.

"글쎄요. 다시 만날 수 있을까요?"

보람은 성준의 얼굴을 보면서 의문스런 표정을 지었다.

한국 귀환자 조합은 무사히 한국으로 돌아왔다. 그리고 다희도 무사히 치료가 되었다. 다희가 정신을 차리자 여성들은 기뻐서 서로를 얼싸안았다.

여성들은 다희에게 일본에서의 모험담을 신 나서 이야기하기 시작했다. 성준은 그 모습을 보고 안도의 한숨을 내쉬었다.

성준은 이제부터 할 일이 많았다. 하지만 성준도 오늘 하루는 쉴 생각이었다. 차도 살 생각이었다.

*　　　*　　　*

성태는 일본을 떠나 괌으로 가는 배 위에 있었다.

배는 이곳저곳 상당히 흉한 상태였다. 레일건을 발사한 구축함으로 몬스터에게 반격을 받아 큰 피해를 입었다. 다행히 운행에는 지장이 없어 이번에 괌으로 돌아가는데 성태가 같이 가게 된 것이다. 괌까지는 3일 예정이다.

멀리 보이던 일본이 이제 시야에서 사라졌다. 성태는 배의 뒤쪽 고물에서 멀리 사라진 일본을 생각하면서 한숨을 내쉬었다. 몬스터홀 이후로 억지로 버티던 생활이 결국 일본에서 터져 버렸다.

잠시 씁쓸한 기분이던 성태는 마음을 다잡았다. 이제 미국은 2레벨 이상의 귀환자가 거의 전멸했다. 그래서 성태의 가치는 상당히 높은 상태였다. 덕분에 이번 망명도 바로 이루어질 수 있었다.

성태는 자신의 팔목을 쓰다듬었다. 이번 일본 몬스터홀에 들어갔을 때도 위험이 많았지만 자신의 능력으로 그 무서운 귀환자에게서 살아 돌아왔다.

그 모든 것이 자신이 새로 각성한 능력 덕분이었다. 점점 쓰임새를 알 수 있을 것 같은 느낌에 성태는 자신감을 더욱 키웠다.

성태는 영기가 아깝지만 짧게 자신의 능력을 활성화했다. 성태의 몸에 전율이 흘렀다. 뭔가 있었다. 성태는 온몸을 긴장한 채 주위를 둘러보았다. 주위는 조용하고 사람들도 없었다.

성태는 고개를 갸웃했다. 던전 외부에서는 잘못 발동하는지도 몰랐다.

성태는 다시 일본 방향으로 고개를 돌렸다.

성태의 앞쪽 바다에 쥔차이가 떠 있었다. 쥔차이는 배와 같은 속도로 공중을 날고 있었다.

그는 성태를 보고 씨익 미소를 지었다.

"내 먹이를 망친 놈을 내가 놔둘 줄 알았나?"

쥔차이의 목소리를 들은 성태는 정신이 없었다.

"어떻게 영기도 없는데 여기까지 날아왔지? 그리고 여기 사람들이 다 보게 될 거야. 계속 쫓기게 될걸."

성태는 말을 하면서 미친 듯이 영기를 사용해 도망갈 곳을 찾았다.

하지만 능력은 성태에게 아무것도 가르쳐 주지 않았다. 성태는 멍하니 쥔차이를 바라보았다.

"다 떠들었나? 그럼 죽어."

쥔차이는 배 난간에 내려섰다. 그리고 주머니에서 작은 구슬들을 꺼내 그중 하나를 입에 넣었다. 영기회복석이었다.

그리고 쥔차이는 성태를 향해 검은 영기의 칼날을 날렸다. 영기의 칼날은 성태와 배의 갑판을 가르며 바닥에 이르렀다.

성태의 몸에서 나오는 검은 연기를 흡수하고 쥔차이는 작은 구슬을 하나씩 먹으며 배를 향해 영기의 칼날을 계속 날렸다. 그리고 공중으로 떠올라 일본 쪽으로 날아갔다.

구축함은 잠시 뒤 대폭발을 일으키면서 바다에 가라앉았다.

제3장
수호 |

MONSTER
HOLE

청와대 대통령 집무실에 모인 사람들은 국방부장관의 보고에 모두 올 것이 왔다는 표정이었다.

"그래요. 결국 더 이상 지원자는 없다는 이야기입니까?"

"네. 벌써 군인 지원자 중 사망자만 300명이 넘었습니다. 생존율이 소문 나서 계속 지원자가 줄어들었는데 일본의 실패 방송 이후로 뚝 끊겼습니다. 기존에 지원한 사람도 모두 포기했습니다. 미국팀 전멸 소식이 컸습니다."

대통령은 두 손으로 머리를 감싸 쥐었다. 여의도 몬스터홀 제거로 겨우 분위기가 반전되었는데 일본 사건으로 다시 원점, 아니, 그 아래로 떨어져 버렸다.

"그럼 우리가 계획한 몬스터홀 담당 병사 양성 계획은 실패라고 봐도 되겠습니까?"

"네, 실패입니다."

대통령의 말에 국방부장관은 시인했다. 모두 침울한 표정이다. 그때 군복을 입은 장성이 말했다.

"저… 다른 몇 나라처럼 우리도 전시 상황을 선포하는 것이 어떻겠습니까? 지원받을 필요도 없이 명령으로 가능할 텐데요."

육군 소속 장성의 말에 경제부 쪽 사람들의 눈이 해까닥 돌아갔다.

"다 죽으라는 소리입니까! 지금 어떻게 경제가 버티고 있는 줄 압니까? 여기에서 전시 상황 선포하면 바로 나락입니다! 지금도 시장이 경직돼서 죽겠는데!"

한 사람이 거의 삿대질을 하듯 손을 들고 소리쳤다. 다른 사람이 그 뒤를 이어 차근차근 설명했다.

"다른 때 같았으면 전시 상황 선포해서 공장을 돌려 무기라도 만들죠. 지금은 단지 병사를 강제로 몬스터홀에 밀어 넣기 위함입니다. 경제에 충격만 줄 뿐 시장을 활성화시켜 줄 것이 아무것도 없습니다."

그는 계속 설명했다.

"계엄령을 선포한 나라 전부 GNP가 바닥으로 꼬꾸라지고 몇몇 나라는 군부대의 반란이 일어나서 내전 상황입니다."

가만히 듣고 있던 비서실장이 머리를 꾹꾹 누르고 있는 대통령에게 건의했다.

"전에 준비하던 것을 이참에 푸는 것이 어떻겠습니까?"

대통령이 비서실장을 바라보았다.

"몬스터홀 상금화 공개 말입니다. 어차피 경제가 경직된 것이 문제라면 돈을 풀어 시장을 활성화해야죠. 어차피 군인 양성이 실패하면 시작할 다음 계획이었습니다."

비서실장의 이야기는 정부가 병사 양성 계획 실패를 대비해 준비한 계획이다.

몬스터홀을 일반에게 공개해서 몬스터홀을 공략하면 큰 상금을 지급하고 몬스터홀을 연장하면 수당을 지급하는 일종의 용병을 키우는 것이다.

일종의 민간 군사 조직까지 생길 수 있으니 다들 처음에 반대한 사항이다.

대통령은 주위를 둘러보았다. 전에 반대하던 사람들이 모두 찬성하고 있다. 대통령은 비서실장에게 말했다.

"준비하는 데 얼마나 걸리겠습니까?"

"빨리하면 이 주 정도면 될 것 같습니다."

비서실장의 말에 대통령은 국방부장관을 보았다. 국방부

장관은 고개를 흔들었다.

"너무 늦습니다."

대통령이 비서실장에게 일정을 지시했다.

"10일 안에 부탁합니다."

비서실장은 한숨을 쉬고 대답했다.

"어떻게 하든지 맞추겠습니다."

그 이야기에 국방부장관이 다시 손을 들었다.

"그래도 문제는 있습니다. 칠 일 안에 당장 막아야 할 몬스터홀이 네 곳입니다. 저희 인력으로는 세 곳이 한계입니다. 방법이 없습니다."

대통령이 비서실장을 보았다. 비서실장이 얼굴이 파래지더니 고개를 흔들었다.

대통령은 잠시 생각하더니 고개를 돌려 국정원장을 보았다.

"귀환자 조합에서 맡을 수 있을까요?"

"쉽지 않을 겁니다. 저번 협상도 거의 다 조합에서 양보했습니다. 반발이 심할 것입니다."

"관계 개선 방안을 저번에 제안하지 않았나요?"

대통령이 국정원장에게 물었다.

"그 방안은 다시 폐기되었습니다. 이번에 중국과 미국팀의 붕괴로 몬스터홀 공략이 가능한 팀은 귀환자 조합밖에 안 남았습니다. 은성 쪽도 문제가 생겼고 전의 방안으로는 씨알도 안 먹힐 겁니다."

대통령은 국정원장을 바라보고 강하게 말했다.

"전권을 드리겠습니다. 어떡하든지 이번에 그들과 관계를 개선시키고 우리의 두 번째 방안이 정착될 동안 그들의 지원을 받을 수 있게 해주세요."

국정원장은 잠시 침묵하더니 말했다.

"알겠습니다."

* * *

성준은 숲 속을 걸어가고 있었다. 인적이 하나도 없고 동물도 없으며 나무만 가득한 곳이다.

성준은 길을 걷다가 지금 꿈을 꾸고 있다는 것을 알아차렸다.

흔히 말하는 자각몽이었다. 그는 숲 속에 나 있는 작은 길 위에서 생각에 잠겼다. 어디서 본 적이 있는 꿈이다.

성준은 잠시 뒤에 생각이 났다. 구로 몬스터홀에 처음 들어갔을 때 꾸었던 꿈이다. 성준은 그 뒤에 구로 몬스터홀에서 한 번더 꿈을 꾼 것 같았다.

성준은 기억을 더듬어 처음 꾸었던 꿈을 생각해 내었다. 이 길을 계속 걸어가면 공터가 나온다. 그리고…….

길을 따라 걸어가기 시작했다. 자신을 객관적으로 바라보는 느낌이 들어 기분이 묘해졌다.

성준은 높디높은 나무 사이를 계속 걷다가 나무 사이에서 공터를 발견했다.

공터 가운데 하얀색으로 돌이 되어버린 작은 나무가 서 있다. 성준이 다가서자 하늘이 무너져 내렸다.

성준은 잠에서 깼다. 잠이 깬 성준은 누운 채 천장을 둘러보았다. 이유를 알 수 없는 꿈이다.

성준은 한숨을 내쉬었다.

'언제는 이유를 안 적 있었나.'

성준은 일어나서 자신의 방을 둘러보았다. 꿈속의 숲과 비교해 보니 갑자기 방이 갑갑해졌다. 어차피 오늘 독립할 생각을 말씀드릴 예정이니 좀 큰 집을 구해봐야겠다.

성준은 어제 만들어온 통장을 꺼냈다. 부모님께 드릴 돈을 따로 넣은 통장이다. 그동안 고생만 시켜드렸으니 지금부터는 짐을 덜어드릴 생각이다. 이 돈이면 좀 더 좋은 곳으로 이사 갈 수도 있으니 부모님이 결정하는 대로 따를 생각이다.

성준은 일어나 밖으로 나갔다.

작은 거실은 지연으로 인해 난장판이었다. 방송국이 다시 정상으로 움직이자 그야말로 정신없이 바쁜 모양이었다. 어젯밤에도 늦게 들어오더니 아침에도 늦어서 이리저리 정신없이 움직이고 있었다.

성준은 세면을 하고 식탁에 앉았다. 지연도 겨우 시간이 맞은 모양이다. 깔끔한 모습이 된 지연은 나름 세련된 식사 모습을 보여주고 있다.

"안 늦었나 봐?"

"나야 오빠만 믿고 있지. 이 시간이면 오빠 차 타고 외곽순환도로 달리면 돼."

"내가 네 운전기사냐?"

"있을 때 써먹어야지."

어머니가 밥을 식탁에 올리면서 말했다.

"물가가 너무 올랐어. 다들 죽는다 죽는다 난리야. IMF 때보다 더 힘든 것 같아."

"당연하죠. 지금 전 세계적으로 대공황 안 온 게 기적이라니까요."

어머니의 푸념에 지연은 한술 더 떴다.

"그래서인데요, 이것 받으세요."

성준은 옆에 올려놓았던 통장을 어머니께 드렸다. 10억이 들어 있는 통장이다. 일본에서 돌아오니 세금 문제가 해결되어 있었다. 모두 면세가 되니 바로 성준은 돈을 옮긴 것이다.

"이게 뭐니?"

어머니는 통장을 받아 내용을 확인했다.

"0이 하나, 둘, 셋… 10억!"

어머니가 놀라 성준을 바라보았다.

"나도, 나도 봐!"

지연이 들고 있던 수저를 던져 버리고 통장에 달라붙었다.

"세상에, 정말이야."

어머니와 지연의 호들갑에 성준의 아버지는 보고 싶으신지 움찔거리셨다.

"여의도 몬스터홀 제거해서 감사하다고 후원자가 보내준 돈의 일부예요. 저는 그보다 많이 있으니 어머니, 아버지께서 알아서 써주세요."

성준의 어머니는 조용히 통장을 덮고 성준을 바라보았다. 성준의 아버지가 성준을 바라보다가 말했다.

"네가 목숨 걸고 번 돈이구나. 우선 가지고 있다가 꼭 필요한 곳에 쓰도록 하마."

분위기가 가라앉는 모습에 성준은 얼른 다음 말을 했다.

"그건 그렇고, 저 자취 좀 하려고요. 사무실하고 집하고 너무 멀어서요. 더군다나 개인적인 물품도 많이 가지고 다녀야 해서 여의도 쪽에 방을 좀 잡았으면 해요."

성준의 어머니와 아버지는 성준의 말에 고개를 끄덕였다.

다 큰 자식이 나간다는데 말릴 수야 없다.

"나도 나도!"

지연이 손을 번쩍 들어 자신도 나가겠다고 소리쳤다.

"넌 안 돼."

"왜?"

"네 월급으로 여의도 근처에 방 구할 수 있어?"

"에, 그건 오빠가 보태면."

"안 돼. 나도 걱정돼서 안 돼."

"안 된다. 이 아비도 반대다."

온 가족의 반대로 지연은 침울해져서 젓가락으로 밥을 꾹 꾹 찔러댔다.

성준은 차를 타고 조합으로 향했다. 지연은 뒤에서 계속 구시렁거리고 있었다.

'다음 몬스터홀은 어디를 공략해야 하나. 내 영기분석으로 최종 레벨을 알 수 있으니 우선 최종 레벨이 낮은 지역부터 하나씩 제거하는 것이 좋겠지?

다희가 깨어난 후 영기회복석을 다시 배분했다. 다희는 영기회복석이 많이 필요했고, 밖에서 능력을 사용한 하은과 보스와의 전투에 영기회복석을 사용한 성준에게 필요한 일이었다.

일본에서 다시 영기를 채웠다고 하지만 앞으로 10일 정도
가 한계였다.

성준은 지연을 방송국에 내려주고 조합에 도착했다.

조합 사무실의 분위기는 좋았다. 다희도 회복하고 모두 자
신감이 붙은 모양이다.

성준은 우선 미루어두었던 개인 면담을 진행했다. 특히 미
성년자인 미리 등의 거취 문제가 컸다.

"우선 돈은 그때 그 부모님 통장으로 보내드렸는데 모두
괜찮지?"

모두 상관없다는 표정이다.

"용돈은 많이 받았어?"

"네. 근데 쓸 시간이 없어요. 맨날 훈련에 이번에는 해외도
갔다 오고."

그래도 다들 괜찮은 모습에 성준은 고개를 끄덕였다. 그리
고 성준은 원래 하려고 했던 말을 했다.

"너희들이 계속 이곳 숙직실에 있는 것은 문제가 있어. 아
무리 간부 숙직실이 좋다고 해도 계속 있을 수 없으니 나가야
겠다."

"네에?"

세 명 모두 울상이 되었다. 자신들이 꾸며놓은 숙직실이 맘

에 들었던 모양이다.

"조합 비용으로 처리해서 회사 용도로 이 건물 위쪽에 오피스텔을 몇 채 구할 예정이다. 아직 비어 있는 곳들이 있는 모양이다. 너희들 용으로 따로 한 채를 준비할 테니 계약이 끝나면 그리로 옮겨라."

"꺄아!"

바로 기쁨의 비명이 튀어나왔다. 주상복합인 이 건물은 최고급 오피스텔로 유명했다.

그리고 성준은 호영과 면담했다.

"영업장은 완전히 정리했어. 별수 없지. 이렇게 묶여 있는데. 조 단장이 초기에 사업체 몇 개를 넘겨준다고 했는데 지금 상황에서야 소용이 없게 되었어. 이 일이 잘 마무리되면 미영이랑 결혼할 생각인데 가능할지 모르겠어."

호영은 조금 걱정스럽게 이야기했다.

"가능할 겁니다."

성준은 이렇게 대답할 수밖에 없었다.

다른 사람들의 이야기도 모두 들었다. 부모님께 돈을 드린 사람, 자신이 모두 관리하는 사람, 벌써 신나게 물건을 사러 다니는 사람 등 여러 유형이 있었다. 어쨌든 다들 생활을 이어가고 있었다.

성준도 생활 자체가 몬스터홀에 매몰되지 않도록 신경 써야겠다고 생각했다.

그날 오후에 성준은 건물 관리업자와 회사용 오피스텔 두 채, 자신의 개인용 오피스텔을 계약했다. 전이었으면 눈이 튀어나올 가격이겠지만 지금은 담담히 계약서에 사인했다.

퇴근 전에 조 단장이 급하게 성준을 찾아왔다. 성준은 고개를 갸웃거렸다.

"죄송합니다. 위쪽에서 상당히 급한 모양입니다."

회의실에 앉으면서 바로 꺼내는 이야기다. 성준은 자리에 앉아 들을 준비를 했다.

"이번에 일본 문제로 몬스터홀 연장에 문제가 생겼습니다. 군인 지원자가 더 이상 나오지 않고 있습니다. 벌써 인력이 부족해 몬스터홀을 다 막을 수 없습니다."

"그런 문제가 있겠군요."

성준은 고개를 끄덕였다.

"그래서 위에서는 다른 방법을 준비 중입니다. 하지만 그 전에 구멍이 뚫리는 몬스터홀이 있습니다. 그 몬스터홀의 연장을 부탁하기 위해 찾아온 것입니다. 뒤에 사람이 오겠지만 제가 우선 기본적인 조율을 하기 위해 왔다고 생각하시면 됩니다."

성준은 시큰둥했다.

"우선 이야기나 들어보죠. 구멍 뚫리는 몬스터홀이 어디입니까?"

성준의 말에 조 단장이 대답했다.

"구로 몬스터홀입니다."

성준의 머릿속에 꿈속에서 본 숲길과 공터, 그리고 석화된 하얀 나무가 떠올랐다.

*   *   *

오늘은 일본에서 돌아온 지 3일째 되는 날이다. 귀환자 조합은 다음 몬스터홀을 진입하기 위한 준비를 시작했다.

그 첫 번째 회의를 회의실에서 진행하고 있었다.

"첫 번째 여의도 몬스터홀을 없애고 후원금으로 받은 일천억, 그리고 정부의 협상으로 추가 지급받은 500억, 그리고 이번 일본에 가기로 해서 받은 돈 200억으로 어제 부로 1,700억이 조합이 들어왔습니다."

보람은 계속 이야기했다.

"그중에 일 인당 30억씩 전에 일 차로 지급했고, 오늘 추가로 20억씩 지급하겠습니다. 여의도 몬스터홀 건으로 정부에서 나온 돈과 일본 방문 비용입니다."

회의실에 모인 일행은 현란한 숫자의 나열에 멍하니 듣고만 있었다.

"그리고 연말에 조합원들에게 지급할 예비금으로 595억이 쌓여 있고, 조합이 관리하는 돈으로 그동안 사용한 돈을 제외하고 510억 정도가 예치되어 있습니다. 지금 자산 운용을 담당할 자산관리사, 혹은 팀을 알아보고 있으니 곧 따로 맡길 수 있을 겁니다."

말을 마치고 보람이 터치패드에서 고개를 들자 모두 멍해 있다. 그 모습을 보고 한숨을 내쉰 보람이 말을 이었다.

"계속해서 개인별로 엄청난 금액을 받고 있어요. 제대로 관리 안 하면 사기당하거나 낭비하기 딱 좋아요."

보람은 헤라를 바라보았다.

헤라는 슬쩍 딴청을 피웠다. 요 며칠 신상을 왕창 사들였는데 보람이 알아버린 모양이다. 사실은 조합원 모두 알고 있었다.

"회사 자산관리사를 알아볼 때 같이 알아볼 테니 웬만하면 자산관리사의 관리를 받아요. 큰돈을 쓰거나 투자하는 것은 좀 더 배우고 해야 해요."

보람이 이번에는 성준과 호영을 바라보았다.

"그리고 직책이 있으신 분들은 돈 좀 써서 자신을 좀 꾸며야 합니다. 조합장과 이사님, 두 분은 회사의 얼굴입니다. 꼭 필요한 일이니 저희들이 좀 나서겠습니다. 미영 씨는 호영 씨를 부탁해요."

미리 이야기가 되었는지 미영이 고개를 끄덕였다.

"저와 하은이 성준 씨를 담당하겠습니다. 제 이야기는 여기까지입니다."

성준은 졸지에 벌어진 일에 입을 딱 벌렸다. 아침부터 여성들이 남자들을 보고 쑥덕거리더니 이런 일을 준비한 모양이다.

성준은 한숨을 내쉬고 다음 이야기를 진행했다.

"그 이야기는 다음에 하고 우선 다음에 처리해야 할 몬스터홀을 결정해야 합니다. 우선 하나 알려드리겠습니다. 제가 이번에 3레벨이 되면서 몬스터홀의 최대 레벨을 알 수 있게 되었습니다."

조합원들이 웅성거렸다.

"그거 좋은 일이에요?"

미리가 고개를 갸우뚱했다.

"최고지. 2레벨만 찾아다니면서 없앨 수 있잖아."

재식의 말에 성준이 고개를 끄덕였다.

"제가 저번에 확인한 바로는 인천과 구로가 2레벨이었습니다."

쾅!

호영이 책상을 내려치며 일어섰다.

"구로로 가자. 동생들의 복수를 해야지."

구로에 들어갔던 사람들이 모두 고개를 끄덕였다. 이번에
마무리를 짓고 싶은 모양이었다.

"저기 조합장 오빠, 대구도 확인해 주세요. 그곳도 2레벨이
면 다음은 그곳으로 해요. 제발."

미리가 말하면서 점점 울상으로 변하더니 나중에는 울먹
였다. 친구들이 미리를 껴안고 서로 위로하다 울었다.

몬스터홀 탓으로 많이 담대해진 사람들이지만 기본적으로
이들 모두는 몬스터홀에서 동료와 친구를 잃은 사람들이었
다.

미리 등의 울음이 그치고 분위기가 정리되자 성준이 말했
다.

"그럼 다음 몬스터홀 공략지는 구로 몬스터홀로 정하겠습
니다."

성준이 이야기가 이어졌다.

"결정에 문제가 있을까 봐서 이야기를 안 했지만 정부의
요청이 있었습니다."

성준은 조 단장에게 들은 이야기를 했다. 모두 정부의 이야
기와 상관없이 구로로 결정한 것을 바꾸지 않았다.

"그런데 몬스터홀을 민간에게 개방한다는 이야기 말이에
요. 그럼 저희 같은 사람들이 엄청 늘어난다는 거잖아요? 거

기다 자신들이 원해서 하는 거고. 할 사람이 있나?"

다희의 물음에 호영이 대답했다.

"엄청 많을걸. 정부의 말대로라면 들어가기만 하면 300만 원에 몬스터홀을 제거하면 팀에 500억이야. 우리만큼은 줄 것 아니야. 그 정도면 생명 내놓고 뛰어들 사람 많다."

호영의 말에 성준이 말을 이었다.

"이미 외국은 넘버 피플이 그렇게 몬스터홀 용병으로 일하고 있다고 해요. 거기는 너무 많아서 나라에서 생활비만 지급한다고 해요."

성준이 고개를 흔들었다.

"그런데 사망률이 엄청납니다. 저번에 들은 이야기로는 군인들보다 생존율이 엄청 떨어진다더라고요. 우리나라도 이제는 걱정이에요."

다들 한숨을 내쉬었다. 성준은 회의를 마쳤다. 이제 다음 목표는 구로 몬스터홀이다. 꿈속의 내용이 성준의 머리를 스쳤다.

회의가 끝나고 점심때까지 개인 시간을 보내기로 했다. 성준이 차를 사러 간다고 하자 갑자기 모든 인원의 눈이 빛나기 시작했다.

"그렇지. 차가 있었지. 신상이 중요한 게 아니었어."

헤라의 눈이 불타기 시작했다. 그리고 다른 사람들도. 특히 남성들의 눈에 불꽃이 튀고 있었다. 그동안 너무 바빠서 다른 생각을 할 여유가 전혀 없었다. 이번에 겨우 한숨 돌린 상황이었다.

정 교관이 나서서 말했다. 정 교관의 눈에 한광이 서려 있다.

"모두 가죠. 제 직권으로 오후 훈련 휴식입니다. 한을 풀 때입니다."

정 교관은 차 때문에 무엇인가 한이 있는 모양이었다.

"아마 여자 소개받았다가 차 없다고 차였을 거야."

"하긴 군인에 차도 집도 없으면 쉽지 않지."

여성들이 뒤에서 쑥덕였다.

보람의 설교가 잠시 있었지만 모두가 자동차 영업점으로 향했다. 성준이 소심하게 국산 차 매장으로 움직이자 여성들이 양팔을 잡고 수입 차 매장으로 향했다.

수입 차 매장에는 아름다운 곡선의 차들이 줄줄이 늘어서 있었다. 일행은 시골에서 올라온 사람들처럼 매장 구석에서 차들을 훔쳐보았다.

몇몇 여성은 미니카에 혹해서 눈이 빛나고 있고, 남성들은 아직 젊은지 스포츠카와 쿠페에 눈이 꽂혀 있다.

사람들이 우르르 모여 눈치를 보고 있자 영업사원 한 명이 다가왔다. 멋지게 차려입은 영업 맨이었다. 그가 다가와서 일행을 죽 둘러보더니 성준에게 물었다.

"어떻게 찾아오셨습니까?"

"차 좀 알아보려고 왔는데요."

딜러는 조금 생각하는 듯하다가 말했다.

"그럼 카탈로그를 보여드리겠습니다. 다른 분들은 제가 마실 것을 드릴 테니 구경하시지요."

성준은 딜러에게 이야기했다.

"세 명 빼면 다 살 것 같은 분위기인데요?"

미리가 소리쳤다.

"2년만 있으면 우리도 살 수 있어요!"

딜러는 어리둥절한 표정이다. 그리고 그날 그 딜러는 몇 달치 매상을 그 자리에서 해치웠다.

성준은 그날 차를 구입하고 다시 하은과 보람에게 붙들려서 백화점을 휩쓸고 다녀야 했다.

몇 시간째 이것저것 고르는 둘의 모습에 성준은 결국 지쳐서 '다 주세요'로 그날의 쇼핑을 끝냈다.

결국 한밤중에 여의도의 오피스텔에 도착한 성준은 너무 지쳐서 그 자리에서 잠들고 말았다.

그 다음 날 성준은 꿈을 꾸지 않고 잠에서 깼다. 오늘은 김 회장을 만나기로 한 날이다. 김 회장은 소개시켜 줄 사람이 있다고 했다. 성준은 어제 산 양복을 입고 거울 앞에 섰다. 멋지게 생긴 남자가 서 있다.

성준은 만족한 얼굴로 지하로 내려갔다. 회사 차를 타고 전에 김 회장과 만났던 식당으로 이동했다.

성준이 도착한 시간이 좀 일러서 김 회장은 아직 오지 않았다. 성준은 예약된 자리에 앉아 김 회장을 기다렸다.

김 회장은 정시에 도착했다. 김 회장과 같이 도착한 사람은 성준도 잘 아는 기업가였다. 건설 쪽으로 성장한 건실한 기업가였다.

"구로 쪽 몬스터홀을 제거하려 하신다고요? 구로에 짓고 있던 건물이 모두 올 스톱돼서 회사가 상당한 피해를 입고 있습니다."

이렇게 말문을 연 기업가는 성준, 김 회장과 한 시간 동안 이야기를 진행하고 밝은 얼굴로 인사하고 먼저 돌아갔다.

기업가가 가고 나서 김 회장과 성준은 독대의 시간을 가졌다.

"잘 처리되어서 다행이군. 몇 사람 더 만날 생각이지?"

"네. 소개시켜 주셔서 감사합니다."

김 회장은 성준을 빤히 쳐다보았다.

"그런데 예상보다 훨씬 적극적이야. 돈 버는 것으로 끝나는 문제가 아닌 것 같은데?"

성준은 잠깐 물이 담긴 잔을 돌렸다. 그리고 감각을 활성화해 김 회장을 보았다.

"제가 상대해야 될 사람들이 있습니다. 아직 격차가 심하지만 조금씩 준비해 보려고 합니다."

김 회장은 성준의 말에 조 단장의 이야기를 기억해 냈다.

"아, 그때 그 사건 사람들 말이구먼."

"네, 언젠가는 한 방 날려줘야 속이 시원해질 것 같아서 준비하는 중입니다."

김 회장은 성준을 바라보았다.

"예상치 못한 일이군."

성준은 대답하지 않았다. 김 회장도 대답을 바라지 않았고, 둘은 그렇게 자리를 파했다. 성준은 소말리아와 관련된 사람들 명단을 마음속에 품고 집으로 돌아갔다.

다음 날, 성준은 조합 사무실에서 몬스터홀 들어가기 전 마지막 회의를 했다.

홈페이지는 이번에 몬스터홀을 다녀오면 완성된 모습을 볼 수 있을 것 같았다. 그런데 홈페이지의 주력 아이템인 영기회복석을 그냥 사용해 버리고 계속 사용하고 있으니 이번 몬스터홀에서 다시 한 번 구해봐야 할 것 같았다.

그리고 성준은 구로 쪽과 관련된 몇 명의 후원자와 이야기해서 구로 몬스터홀이 제거될 경우에 받게 되는 금액을 일행에게 이야기했다. 김 회장 때보다는 적지만 나쁘지 않은 금액이었다.

그리고 정부 쪽이 구로 몬스터홀을 연장하기 위해 귀환자 조합에 주는 돈은 일 인당 1,000만 원으로 이야기되었다. 앞에서 수치가 너무 커서 그렇지 단지 들어가기만 해도 주는 돈으로는 작은 돈은 아니었다.

그리고 그날 하루는 모두 훈련으로 다음 날 준비를 했다.

그날 밤 오피스텔에 누운 성준은 또 꿈을 꾸었다.

자각몽을 인식하고 있는 성준은 이번에는 몸이 가는 대로 그냥 놔두었다. 그러자 성준은, 아니, 성준의 몸은 길을 따라서 움직이기 시작했다.

숲은 이상하게 조용했다.

하늘은 파랬고 바람이 살랑거리고 있다. 하지만 높게 솟은 나무들은 나뭇가지도 흔들리지 않았고 풀벌레 소리나 새소리도 들리지 않았다.

성준은 길을 가다가 주변을 보기도 하고 몸을 이리저리 흔들기도 했다. 완전히 산책하는 모습이다. 성준은 그렇게 한가롭게 길을 따라 걸어갔다.

그리고 결국 길은 숲 속 가운데의 공터로 이어졌다. 성준이 앞을 보자 그곳에는 전에 봤던 돌로 굳어진 작은 나무는 없고 사람 석상이 하나 서 있었다.

정확한 석상의 모습은 보이질 않았다. 꿈이라서 안 보이는 모양이다.

성준은 석상을 향해 가까이 가서 석상에 손을 대려고 했다.

"어서 오세요."

석상이 목소리와 함께 움직였다. 순간 석상이 팔을 앞으로 뻗어 성준의 배를 찔렀다. 성준은 커다란 비명을 질렀다.

성준은 고통과 함께 잠에서 깼다.

*　　　*　　　*

몬스터홀에 들어가는 날 아침이다. 헬스클럽 여성탈의실에서 개인 장비를 챙기면서 헤라가 하은에게 물었다.

"요새는 왜 조합장님한테 대시 안 해? 포기한 거야?"

방검복을 걸치면서 하은은 헤라의 말에 대답했다.

"아니. 좀 더 좋아졌어. 하지만 좀 천천히 접근하려고. 조합 일 등으로 오빠가 정신없어서 우리까지 힘들게 하지 말자고 보람 언니하고 이야기했어."

"헐, 그새 신사협정이 있었냐?"

하은은 피식 웃으면서 대꾸했다.

"뭐, 그런 거지."

다시 장비를 챙기는 하은은 좀 심란한 표정이었다.

보람은 지하주차장으로 가기 위해 다희와 함께 엘리베이터를 탔다. 보람은 다희에게 몸이 괜찮은지 물었다.

"괜찮아요. 정말 말짱한 걸요?"

"그것도 그렇지만 몸에 큰 부상을 당하면 정신적으로도 크게 부상을 입게 된대요."

다희는 좀 생각해 보다가 말했다.

"그럼 제 상태는 정상이 아닌 것 같은데요? 정말 멀쩡해요. 이렇게 무기를 들고 다시 싸우러 가는데도 두렵지가 않아요."

"그건 정말 이상하네요. 지금 우리 몸이 바뀌는 것처럼 정신도 바뀌고 있는 건지도 모르겠네요. 우리를 몬스터홀로 끌어들인 존재는 무엇 때문에 이런 짓을 하는지 모르겠어요."

엘리베이터의 문이 열리고 지하 유리문 밖 승합차 앞에 사람들이 모여 있었다. 그곳에서 성준은 사람들과 최종 점검을 하고 있었다.

유리문 밖으로 바쁘게 움직이는 성준의 모습을 보는 보람의 얼굴에 미소가 지어졌다.

"언니는 조합장님을 정말 좋아하는 것 같아요."

"네, 좋아요."

"하은이 언니도 조합장님 좋아하는데 아무 일 없는 게 정말 신기해요. 나 같으면 머리카락 잡고 싸웠을지도 모르겠는데."

보람은 다희의 얼굴을 보고 말했다.

"나는 그럴 수 있는 위치가 아니에요. 단지 감사하고 보답하고 도움이 되고 싶을 따름이에요."

"와, 천사다."

"아뇨. 하은이와의 승부는 이 일이 안정되고 하기로 했어요."

보람은 굳은 의지를 가진 눈으로 앞을 바라보았다.

다희와 보람을 끝으로 일행이 다 모인 것을 확인한 성준은 모두 차를 타고 출발하도록 했다.

저번 몬스터홀 때 운전하던 분은 조합에 정식으로 취직되었다. 여의도 몬스터홀이 사라지자 바로 취업하겠다고 해서 결정된 것이다.

여의도에서 구로까지는 금방이었다. 군인들에게 확인을 받은 일행은 모두 몬스터홀로 내려갔다. 성준은 내려가기 전에 몬스터홀의 바닥에 있는 문양을 확인했다.

　―소환진.
　―레벨 1. 현재 상태.
　―레벨 2. 닫혀 있음.
　―지구인을 소환해서 레벨 1의 던전에 진입시킴.

아직 동일한 내용이었다. 성준이 바닥으로 내려서자 바로 몬스터홀의 문양이 바뀌었다. 성준은 바로 영기분석을 사용해 내용을 확인했다.

　―소환진.
　―레벨 1. 대기 상태.
　―레벨 2. 현재 상태.
　―지구인을 소환해서 레벨 2의 던전에 진입시킴.

성준은 눈앞이 빛으로 가득 차자 눈을 감았다가 환한 빛이 사라지자 눈을 떴다. 몬스터홀 시작 지점이다.

성준은 꿈 내용 때문에 심란했지만 어찌 되었던 지금은 현실에 집중해야 했다. 성준은 모두를 모이게 하고 일행을 확인했다.

현재는 각각의 능력 편차가 너무 심했다. 우선적으로 1레벨 대에서 멈추어 있는 인원을 빨리 2레벨로 올려야 할 것 같았다.

"이번부터는 몬스터홀의 공략도 중요하지만 조합원들의 고른 성장을 위해 노력할 것입니다."

성준이 말을 이었다.

"2레벨 엘리트 몬스터를 피해서 던전 내부를 돌아다니면서 1레벨 엘리트 몬스터를 찾아 구슬을 획득하도록 노력하겠습니다. 출발합시다."

이곳을 나가 동굴을 지나갈 때까지 안전하다는 것을 아는 조합원들은 모두 장비를 들고 출발했다.

"이것 봐. 화살통이 제일 무거워. 정말 짐 중에서 화살이 제일 귀찮아. 화살은 다른 무기처럼 영기화 안 되나?"

다희가 군장을 메고 화살통을 집어 들면서 투덜거렸다.

"인식의 문제라고 하잖아. 자신이 싸우기 위해 손에 들고 있는 무기라는 인식을 가지고 있어야 던전에서 나갈 때 영기화된대. 소모성으로 느끼고 있으면 절대 안 된다는데."

"으, 별걸 다 꼼수로 막는군. 여기 개발자는 정말 꼼꼼해."

하은의 말에 다희가 구시렁거리면서 움직였다.

"이건 게임이 아니야."

하은이 다희에게 충고했다.

일행은 각자 20~30킬로그램 정도의 개인 군장을 가지고 움직이고 있었다. 그나마 육체적인 능력이 좋아지고 무기를 들고 다니지 않고 있어서 움직이는 데는 크게 문제가 없었다.

하지만 화살 문제는 좀 심각했다. 저번 보스와의 전투 때처럼 화살이 다 떨어지지 않도록 방법을 찾아야 할 것 같았다.

일행은 동굴을 벗어났다.

동굴 밖은 거대한 통조림 안에 있는 것 같은 모양이었다. 단지 그 통조림 반대편이 시야에 거의 안 보일 정도로 먼 것이 다를 뿐이다.

일행은 이번의 광경도 멍하니 바라보았다. 매번 들어올 때마다 어이가 없지만 이번은 더했다. 일행의 눈앞에 거대한 산이 보였다. 산 하나를 뚝 잘라서 이곳에 옮겨놓은 것 같았다. 울창하게 솟아 있는 나무들, 중간중간 보이는 바위벽, 멀리 보이는 폭포가 정말 웅장했다.

"어? 폭포?"

미리가 무엇인가 생각났다는 듯이 혼잣말을 했다.

"폭포가 왜?"

헤라의 물음에 미리가 대답했다.

"폭포가 있다는 것은 호수나 강이 있다는 거고, 호수나 강이 있다면 물고기가 있을 거잖아요."

일행의 눈이 빛났다. 모두 성준을 바라보았다. 성준이 고개를 끄덕였다.

"일차 목표는 멀리 보이는 폭포로 하겠습니다. 영기회복석을 찾으러 가보죠."

일행은 폭포로 방향을 잡고 산을 오르기 시작했다. 아직은 가파른 지역이 아닌 너른 풀밭이 있는 산등성이다.

이곳을 지나면 본격적으로 나무가 가득한 산속이다. 앞쪽에 멀리 풀밭이 끝나는 위치에 높은 나무들과 그 사이에 높게 솟은 풀숲이 보인다. 이곳은 벌목을 했는지 나무 그루터기만 가끔 보였다.

일행이 한참을 올라가고 있는데 소리가 들려오기 시작했다.

쿠에에에!

몬스터 소리였다. 다들 머리에 흐른 땀을 무시하고 진영을 갖추기 시작했다.

"이거 지세가 안 좋은데요? 위에서 아래로 공격하면 쉽게 피하기 힘들겠어요."

정 교관이 성준에게 말했다. 정 교관의 말투에서 슬슬 군인 말투가 빠지기 시작했다.

성준은 정 교관의 말에 바로 감각을 활성화했다.

—비탈길.

—공격 방법: 화살, 돌, 통나무.

—주위에 잘린 나무 밑동.

—전방의 나무 사이에 인위적인 높은 풀.

성준은 긴장하고 주위를 돌아보았다.

피할 곳이 없었다. 성준은 일행에게 소리를 질렀다.

"통나무를 굴릴 모양입니다! 최대한 막아보세요! 제가 올라가 보겠습니다!"

성준은 능력을 사용해서 언덕을 뛰어 올라갔다.

성준이 뛰어 올라가자 나무들 사이에 높이 솟아 있던 풀을 깔아뭉개면서 통나무들이 굴러오기 시작했다.

성준은 이를 악물고 능력을 사용해 통나무를 뛰어넘었다. 그리고 허공 도약으로 수없이 지나가는 통나무들을 넘어갔다.

일행을 믿을 수밖에는 없었다.

정 교관은 일행을 밀집 대형으로 모았다.

"이번은 헤라 씨가 중심입니다. 내려오는 통나무를 명중시켜야 합니다. 놓치면 안 됩니다."

헤라는 언덕 위에서 사방으로 튕기면서 굴러 내려오는 통나무들을 보면서 땀을 흘렸다.

재식이 헤라의 앞으로 나서서 방패를 들었다. 호영은 재식을 받쳤고, 하은이 재식의 뒤쪽에서 능력을 쓸 준비를 했다.

그리고 잠시 뒤 통나무들이 바로 앞까지 왔다.

"헤라 씨!"

헤라는 숨을 멈추고 능력을 사용해 쇠뇌를 발사했다.

쾅!

다행히 통나무에 명중했다. 가운데에 크게 구멍이 난 통나무는 굴러 내려오던 힘에 의해 반으로 갈라져 일행의 옆으로 지나갔다. 그리고 그 뒤로 다른 통나무가 굴러왔다.

쾅! 콰르릉!

정 교관이 빛나는 창으로 통나무를 강타했다. 통나무는 튀어 오르면서 다른 통나무와 충돌했다. 그리고 연쇄적으로 통나무들이 사방으로 날뛰었다.

"제길!"

재식은 자세를 잡고 최대한 방패 능력을 올렸다. 그리고 그 위로 통나무들이 방패 능력에 맞고 튕겨 나갔다. 재식은 엄청난 압력에 입에서 피가 튀었다.

"크윽!"

뒤에 서 있던 하은의 손에서 빛이 나더니 재식을 치료하기 시작했다.

다시 재식이 멀쩡해져서 방패를 들었다.

"다시는 치료 안 받는다. 다시는 치료 안 받는다."

재식은 방패를 들고 중얼거렸다. 아무리 치료를 받더라도
아픈 기억은 사라지지 않는 법이다.

일행이 이렇게 한 무더기의 통나무 공격을 막아내자 위에
서 내려오던 통나무들이 멈추었다.

재식은 땅에 주저앉고 헤라는 식은땀을 닦았다. 정 교관은
자신의 공격이 문제를 발생시켜 미안한 얼굴이다.

일행의 눈에 나무 사이에서 나타난 성준의 모습이 보였다.
성준은 일행이 무사한 것을 보고 검을 집어넣었다. 성준의 사
방에서 검은 연기가 피어올라 성준에게 흡수되었다.

*   *   *

주위의 광경은 온통 부서지고 갈라진 흔적투성이였다.

눈앞의 군인을 반으로 잘라 버린 쿼차이는 반으로 갈라져
서 연기로 변하는 군인을 바라보았다. 쿼차이는 몸으로 들어
오는 연기를 느꼈다. 너무나 적었다.

쿼차이는 구석에서 덜덜 떨고 있는 군인을 바라보았다. 남
은 군인은 귀환 때 써먹을 녀석이다. 쿼차이는 손의 숫자를

보았다.

"제길, 이제 1레벨 귀환자는 거의 소용이 없군."

쥔차이는 일본에서의 일이 더욱 아까웠다. 눈앞에 가득한 2레벨의 성찬을 쓰레기 하나가 뒤집어 버린 것이다.

결국 분노한 쥔차이는 그 쓰레기를 자신의 손으로 끝장내었지만 여태 모아놓은 영기를 회복하는 구슬을 거의 써버렸다. 다시 찾으러 다니는 중이지만 이곳에는 없었다. 너무나 쉽게 구해 흔할 줄 안 것이 실수였다.

쥔차이는 반쯤 정신이 나간 군인의 목을 잡고 귀환 지대로 가면서 그동안의 일을 생각했다.

쥔차이는 원래는 전통 무술을 이어온 가문의 장자였다. 나름 능력을 인정받고 있었는데 어느 날 신장이 망가졌다는 청천벽력 같은 소리를 들었다.

쥔차이는 그날 이후 가문의 상속자에서 천덕꾸러기로 떨어져 내렸다. 혈액 투석으로 버티면서 세상을 원망하고 힘을 키워 복수하려는 꿈을 꾸며 살고 있었다.

그리고 어느 날 몬스터홀이 집과 가까운 곳에서 발생해 가족과 같이 휩쓸렸다.

몬스터홀 안에서 그의 가족들은 다른 사람들과는 달리 금방 적응하여 몬스터들을 무찌르고 검은 연기로 힘을 키우면서 전진했다. 역시 무술 가문의 사람들이었다.

쥔차이도 희망을 느껴 아픈 몸을 이끌고 몬스터와 싸웠다. 그리고 쥔차이는 다시 절망했다. 자신은 몬스터를 죽여도 전혀 강해지지 않는 것이었다.

그렇게 절망하던 쥔차이는 일행 뒤를 따라가다 자신을 놀리던 동네 건달을 동굴에서 발견한 뼈로 찔러 버렸다. 그리고 자신이 다른 사람과 다른 방법으로 선택받았다는 것을 깨달았다.

쥔차이는 몰래 일행을 한 명씩 죽이면서 강해졌다. 그리고 몬스터홀을 나올 때는 온 가족을 모두 죽이고 혼자 나오게 되었다.

그는 문양에 손을 대고 있는 군인을 바라보았다. 아직도 정신을 못 차리고 있었다. 별로 상관없었다.

눈앞의 몬스터를 없애면서 시계를 보았다. 시간이 되었다. 쥔차이는 검을 들어 영기비검을 군인에게 날렸다. 몸이 흐리게 변하면서 기뻐하던 병사가 반으로 갈라졌다.

중국으로 돌아온 쥔차이는 몬스터홀 바닥에서 한국의 강해 보이던 귀환자를 생각했다. 정말 많은 영기를 줄 것 같았다. 아무래도 한국의 귀환자나 다른 나라의 귀환자들이 필요했다.

쥔차이는 몬스터홀 하나를 일부러 시간을 넘겨서 던전화시켜야겠다고 생각했다.

                    *   *   *

　귀환자 조합은 성준이 서 있는 산 전체를 감싸는 거대한 숲의 입구까지 왔다.

　"도대체 무슨 몬스터였나요?"

　성준은 묘한 표정이었다.

　"무슨 나무로 만들어진 사람 같았어요. 아니다. 나무처럼 위장한 인간형 몬스터예요. 그래서 나무랑 구별이 잘 안 되더라고요."

　성준은 구별하는 데 별문제가 없었지만 그렇게 이야기했다.

　"머리가 상당히 뛰어난 모양이에요. 도구를 사용했습니다."

　정 교관의 얼굴이 심각해졌다. 지혜로운 적은 항상 위험한 법이다.

　"도구를 사용할 줄 안다고 하니 주위를 잘 살피세요. 함정을 만들 수도 있습니다."

　정 교관은 조합원 모두에게 주의를 주었다. 그리고 일행은 숲으로 진입하기 시작했다.

숲 속은 생물의 소리가 들리지 않고 조용했다. 사람 몸통만큼 굵은 나무의 나뭇잎이 서로 부딪치는 소리만 조용한 숲에 울려 퍼졌다. 하늘은 나뭇잎으로 가려져서 숲 속은 대체적으로 어두웠다.

그렇게 진행하던 어느 순간 성준은 일행의 전진을 멈추었다.

"제 기준으로 정면의 나무 3미터 높이의 좌측의 가지, 3시 방향으로 앞에서 두 번째 나무 5미터 높이 중앙, 그리고 하은이 4미터 앞 넘어진 나무. 모두 적의 위장입니다."

모두 반사적으로 무기를 성준이 말한 방향으로 향했다. 그런데 아무리 주의 깊게 보아도 알 수가 없었다.

정 교관은 바로 조합원 모두에게 명령을 내렸다.

"사격 개시."

일행은 성준이 알려준 방향을 향해 어림짐작으로 사격을 시작했다.

쿠아악!

그리고 일행은 놀라운 광경을 목격했다.

날아가던 화살은 나뭇가지에 부딪치자 나뭇가지가 꿈틀하고 움직이더니 화살이 박힌 곳에서 피가 흘러나왔다. 반투명한 녹색 피였다.

나뭇가지로 보이던 물체는 이제 사람처럼 움직이며 비명을 지르고 있었다.

"제게 뭐죠? 움직이기 전까지 나무였어요. 분명히 저렇게 사람 형상인데."

성준이 쓰러져서 연기로 변하기 시작하는 몬스터에게 다가갔다. 영기분석을 사용했다.

―산악 지형 목인형 실험체 버전.
―2등급.
―산악 지형 테스트를 위해 제조.
―강점: 숲에서는 발견이 극도로 힘들다.
―단점: 방어에 취약하다.
―고통.

2레벨의 몬스터였다. 이곳에 성준이 없었다면 일행은 많은 피해를 입었을지도 몰랐다. 하지만 성준에게 있어선 눈을 속이기 위한 어떤 행동도 의미가 없었다.

성준을 앞세우고 일행은 숲을 거침없이 주파해 나갔다.

"아무래도 보통 사람은 아니야. 그렇지?"

"하은이 물어봤는데 해외 파병 다녀왔대. 특수부대 같은 데 다닌 것 아닌가?"

성준의 능력으로 이렇게 실수 없이 진행하자 긴장이 조금 풀어진 혜라와 다희가 쑥덕거렸다. 혜라가 옆에 가고 있는 정 교관에게 물었다.

"군대에서 배우면 조합장님처럼 할 수 있나요?"

"지형지물 파악을 배우기는 하지만 조합장님처럼 하는 것은 절대 불가능합니다."

"저 사람, 분명 무공 같은 것 배웠을 거예요. 내공이 높아서 생명체의 기가 느껴진다든가. 처음 봤을 때도 움직임이 장난 아니었어요."

재식이 이야기에 끼어들었다.

"오빠가 강하면 좋은 거지 왜 그래?"

"궁금해서 그런다, 이 기집애야."

하은이 끼어들어 한마디 하는데 혜라가 바로 반격했다.

성준은 다시 일행을 정지시켰다. 이번에는 달랐다. 함정이 대규모로 이루어져 있는데 숨어 있는 몬스터는 보이지 않았다.

정면에는 몬스터 한 마리가 서 있었다. 성준은 당연히 영기 분석을 사용했다.

―산악 지형 목인간 실험체 각성 버전.

―1등급.

―산악 지형 테스트를 위해 제조.

―강점: 나무를 급격하게 성장시킬 수 있다.

―단점: 내구력이 취약하다.

"엘리트다."

성준이 몬스터를 보고 한 말에 사람들은 정신이 번쩍 들었다. 모두 긴장한 가운데 호영이 이야기했다.

"이번에 나온 구슬은 무조건 내 거."

모두들 피식 웃고 긴장이 풀리며 자세를 잡았다.

성준은 주위를 보고 일행에게 함정의 위치를 말해주었다. 일행은 성준이 말한 방향으로 화살을 날렸다. 사방에서 땅이 뒤집어지고 나무가 땅에 박히며 난리가 일어났다.

몬스터는 조용히 서 있다가 사람들이 모든 함정을 파훼하는 것을 보고 갑자기 소리쳤다.

"으아아아악!"

미리가 소영에게 이야기했다.

"비명은 거의 사람 비명이다."

소영은 고개를 흔들고 활을 겨냥해 쏘았다. 화살은 몬스터를 향해 날아갔다.

슈우우욱!

바닥에서 나무가 솟구쳐 올랐다. 일행이 보기에는 기둥이 땅을 뚫고 뛰쳐나오는 것 같았다.

퍽!

결국 화살은 솟구쳐 나온 나무에 박히고 말았다.

그러자 여성들이 산개해서 솟구친 나무를 피해 화살을 쏘기 시작했다. 그리고 헤라는 몬스터 앞을 막은 나무를 향해 관통 화살을 쏘았다.

콰콰콰콰콰!

화살들이 몬스터를 향해 날아가자 몬스터의 주위에서 나무가 사방으로 솟아나오기 시작했다. 한두 개가 아니었다.

나무는 점점 퍼지더니 몬스터를 촘촘하게 감쌌다. 그리고 일행을 향해 나무가 자라기 시작했다.

"모두 뒤로 물러서면서 막아!"

정 교관이 능력으로 창을 날리면서 일행에게 말했다. 일행은 급히 뒤로 물러서면서 화살을 날렸다. 하지만 땅을 뚫고 나무가 자라는 속도가 더 빨랐다.

재식이 일행 앞에서 굳은 얼굴로 방패를 들었다.

슈우우우!

그때였다. 일행의 전면 몬스터가 있는 허공에서 무엇인가가 바람을 가르는 소리가 들렸다.

일행이 소리 나는 곳을 쳐다보자 성준이 검을 앞으로 하고 나무들이 솟아 있는 중심부를 향해 수직으로 내리꽂히고 있었다.

쾅!

계속해서 자라던 나무는 더 이상 자라지 않고 멈추었다.

일행은 잠시 멈춰 서서 상황을 파악한 후 긴장을 풀었다.

"역시 대단해. 분명 무공이야."

"혹시 초능력일 수도."

"내가 꾀어볼까?"

별 이야기가 다 나왔다. 그런데 시간이 지나도 성준이 나오지 않았다. 보람이 소리를 높여서 성준을 불렀다.

"괜찮아요?"

성준의 소리가 작게 들렸다.

"다리가 부러졌어. 치료가 필요해."

일행은 난감했다. 빽빽하게 자란 나무 때문에 들어갈 방법이 없었다.

결국 성준이 구출된 것은 두 시간이 지나서였다. 정 교관과 헤라가 영기를 채우면서 나무들을 뚫어낸 성과였다.

성준은 탈진해서 하은의 치료를 받았다. 부러진 상태에서 두 시간이나 동안 넋 놓고 기다리기가 쉽지 않았다.

"그런데 어떻게 위에서 공격할 생각을 했어요?"

"감이지, 뭐. 내 능력으로는 그쪽에 특화되어 있고."

실제로는 영기분석이 알려준 내용이다.

몬스터가 비명을 지르는 순간 옆의 나무를 타고 위로 올라가서 몬스터가 있는 제일 가까운 나무로 이동했다.

그 나무에서 뛰어내리면서 능력을 사용해 허공을 걷어차

속도를 가속한 것이다.

덕분에 바닥에 도착하는 순간 몬스터의 머리가 뚫리는 것과 동시에 다리가 부러져 버렸다.

성준은 겨우 기력을 회복해서 일어섰다. 성준도 재식의 생각에 동의했다. 치료를 받는다고 해도 그전까지의 고통은 잊히지가 않았다. 안 다치는 것이 제일 좋았다.

일행은 성준이 몬스터를 죽인 자리에 모여 있었다. 주위에 방금 만들어진 높은 나무가 목책인 양 둘러싸여 있는 모습이 상당히 안전해 보였다. 일행은 이곳에서 쉬면서 식사를 하기로 했다.

성준은 몬스터를 잡고 나온 구슬을 꺼냈다.

―영기보석, 영기나무 생성 레벨 1.

―레벨 1 영기 성장치 100 진입자를 2레벨 검투사로 만듦.

―레벨 2 이하 검투사의 영기 성장치를 증가시킴.

―나무 생성이 추가됨.

―내구력이 약함.

―적용 방법: 먹기.

성준은 구슬을 들고 호영을 바라보았다.

호영은 영문을 모르겠다는 얼굴이다.

"다음에 나오는 구슬은 무조건 달라고 했잖아요?"

호영은 처음 듣는 이야기처럼 반문했다.

"모르겠는데?"

여성들이 바로 반격했다.

"들었어요!"

호영의 얼굴이 어두워졌다.

"이건 뭔가 이상한 스킬이야. 나무를 만들어내는 스킬이라니, 영기가 부족해서 몇 개 만들어내지도 못할 텐데."

성준은 구슬을 호영에게 건네주었다.

호영은 침을 흘리고 인상을 쓰면서 구슬을 먹었다.

그리고 5분 뒤 호영은 2레벨 귀환자가 되었다.

"호영 씨!"

호영이 손을 앞으로 했다. 호영의 손에서 검은 연기가 앞으로 뿜어져 나오더니 나무기둥이 되어서 몬스터를 향해 쏘아졌다.

몬스터는 나무에 맞아 나무와 함께 뒤로 튕겨져 나갔다.

호영은 의기양양했다. 구슬을 먹고 나서 침울해하더니 몇 번 시험해 보곤 표정이 바뀌었다.

점심 식사 후 만난 몬스터에게 사용한 후에는 더더욱 자신감 넘치는 호영이 되었다.

호영은 몬스터를 향해 다시 한 번 능력을 사용해 쏘아 보냈다. 나무가 몬스터를 향해 날아갔다.

펑!

잘 날아가던 나무는 갑자기 산산조각이 났다. 그리고 그 뒤에 있던 몬스터도 구멍이 뻥 뚫렸다.

"어머, 죄송."

호영의 뒤에서 혜라가 고개를 꾸벅이며 사과했다. 나무가 허무하게 박살 난 모습에 호영은 다시 좌절했고, 성준은 영기 분석으로 파악한 내용에 고개를 끄덕였다.

'역시 데미지에 약하군.'

일행이 몬스터를 연기로 만들면서 어느 정도 이동하자 양옆이 점점 높아지는 것 같았다. 정신을 차려보니 어느 사이에 물이 없는 협곡에 들어선 것 같았다.

협곡은 양쪽이 돌 절벽으로 이루어져 있고 중간중간 나무와 풀이 듬성듬성 자라고 있었다. 바닥은 물이 흘렀다가 마른 흔적이 보이고 돌밭으로 이루어져 있었다.

"아무래도 뭐가 등장하려는 분위기 같은데요."

"아, 또! 이런 이야기 나오면 정말 뭐가 등장한단 말이야."

하은의 말에 다희가 한탄을 했다.

그 말이 끝나기가 무섭게 협곡 너머에서 거대한 새들이 날아오기 시작했다.

"하은이 너 때문이야."

다희가 쇠뇌를 들어 올리면서 말했다.

하은도 할 말이 없는지 쇠뇌를 들었다.

새 모양의 몬스터들은 여러 마리가 잠시 하늘에서 활공하더니 일행을 향해 내리꽂히듯 내려왔다.

새들은 의외로 약했다. 화살에 맞는 족족 추락했다. 일행의 쇠뇌와 활 실력이 그만큼 높아진 것도 있었다.

성준은 앞에 떨어진 놈의 정보를 보았다.

—산악 지형 비행 생명체 실험체 버전.

—1등급.

—산악 지형 테스트를 위해 제조.

—강점: 무거운 물체를 들고 날 수 있다.

—단점: 비행이 빠르지 않다.

—충격, 가사.

잠시 뒤 덤벼들던 놈들은 모두 물러가고 큰 새 몬스터가 등장했다. 발에 커다란 돌을 들고 있었다.

몬스터는 활이 닿지 않는 높은 고도에서 돌을 밑으로 떨어뜨렸다. 떨어지는 돌에서 빛이 나고 있다.

성준이 위를 보고 소리쳤다.

"폭발 능력이야! 모두 피해!"

일행은 모두 사방으로 개미 떼처럼 피했다. 돌이 일행이 있던 중앙에 떨어져 터졌다.

쾅!

새 몬스터는 고개를 치켜들고 유유히 상공을 배회했다.

그리고 절벽에 붙어 숨은 일행 중 1레벨 사람들은 몬스터를 보고 입맛을 다셨다. 폭발 구슬이 먹고 싶어진 것이다.

보람과 다희는 성준을 바라보았다. 이제 1레벨은 이제 두 명이 남았다. 반짝이는 두 사람의 눈빛에 식은땀을 흘린 성준은 다시 돌을 구하러 떠나는 몬스터를 올려다보았다.

―산악 지형 비행 생명체 실험체 각성 버전.

―1등급.

―산악 지형 테스트를 위해 제조.

―특이 능력 각성: 폭발.

―강점: 충격에 폭발하는 물건으로 전환.

―단점: 자존심이 높다.

―가소로움.

놈은 절대 내려올 생각이 없는 모양이었다. 놈의 자존심을 이용해서 밑으로 유인할 방법이 필요했다.

"누가 열 받게 만들어서 내려오게 만들어야 할 것 같은데."

"지금처럼 마구 피하면 어때요?"

성준의 말에 미리가 이야기했다.

"그건 안 될걸. 열 받아서 이곳저곳에 돌을 떨어뜨리면 절벽이 무너지지 않을까? 그것보다 아무리 맞아도 끄떡없는 것은 어때?"

"에이, 그게 말이 돼? 재식 아저씨도 방패 능력으로 막아봤자 피를 토할걸."

"그럼 치료하면 되지."

미리와 친구들의 말에 다른 사람들은 그럴듯하다는 표정으로 변했고 재식의 얼굴은 검게 변해갔다.

일행은 회의 후 미리 등의 의견을 따르기로 결정했고, 재식의 반항은 호영의 손에 정리되었다.

그리고 모두 자신의 자리로 이동했다. 재식은 협곡 한가운데 서서 몬스터를 기다렸다. 재식은 방패를 들고 한숨을 푹 내쉬었다.

"방패 능력 나왔을 때 냉큼 받는 것이 아니었어. 치료 능력이 생기니 방패 능력은 3D 직종이 되어버리는구나."

몬스터는 잠시 뒤 다시 나타났다. 몬스터는 다시 높은 하늘에서 아래를 바라보더니 재식이 가운데 나와 있는 것을 보고는 바로 재식을 향해 돌을 떨어뜨렸다. 빛나는 돌이 재식의 머리 위에 떨어졌다.

쾅!

재식 위에 떨어진 돌은 큰 소리와 함께 터져 나갔다. 그리고 연기가 사라지자 재식이 방패 능력을 사용하면서 굳건하게 서 있는 모습이 보였다. 하지만 재식의 입에는 피가 흐르고 있었다.

몬스터는 자신의 공격을 받고 서 있는 인간의 모습이 이해가 안 됐다.

"콰르르륵!"

몬스터는 큰 소리를 지르고는 다시 돌을 구하러 떠났다. 몬스터는 좀 더 큰 돌을 구할 생각이었다.

몬스터가 떠나자 바로 은하가 재식에게 뛰어가 치료했다.

"잘 참았어요."

"으, 안 하면 안 될까? 진짜 아프다."

"재식 씨, 지금 모습 멋지니까 한 번만 더해요."

재식은 한숨을 내쉬고 다시 자리를 잡았다.

잠시 뒤 협곡 바로 위에 몬스터가 나타났다. 몬스터는 엄청 큰 돌을 들고 있었다. 무게 때문에 몬스터는 겨우 협곡을 넘어 나타났다.

협곡이 높아 아래에서 쏘는 활은 도달하지 못할 것 같았다.

재식은 몬스터가 들고 있는 큰 돌에 식은땀이 흘렀다.

"이건 못 막겠는데."

성준이 소영에게 말했다.

"작전을 변경해야겠다. 저건 재식이 못 막겠다. 미리 쏜다."

소영이 활을 들어 가까이 다가오는 몬스터를 향해 수평으로 겨누었다.

소영은 피 말리는 몸무게 경쟁에서 승리했다. 최고의 몸무게로 밝혀진 혜라는 좌절했고, 친구들은 소영을 보고 말라깽이라고 시샘 어린 비방을 했다.

성준은 몬스터가 자리를 비우는 틈을 타서 소영을 업고 능력으로 절벽을 올라갔다.

몬스터가 등장하면 절벽에 검을 박고 숨죽이고 있다가 몬스터가 사라지면 능력을 사용해서 위로 솟구쳐 다시 검을 절벽에 박는 일을 반복했다.

그리고 지금, 검을 절벽 높이 박아 넣고 그 위에 선 성준과 소영이다. 성준이 소영을 잡아주고 소영이 활을 겨냥하고 있는 것이다.

몬스터의 움직임을 보니 역시 활로 공격하는 것이 정답이었다. 성준은 아직 날짐승의 움직임을 추격하기에는 능력이 부족했다.

새 모양의 몬스터는 어느새 성준과 소영의 앞으로 다가왔다. 몬스터가 돌을 놓으려는 찰나 소영이 화살을 쏘았다.

슈우우욱, 픽!

화살이 정확하게 몬스터의 날개에 명중했다. 돌을 든 몬스터는 움찔하더니 돌을 놓치고 자신도 바닥을 향해 떨어졌다.

"너무 늦게 쐈어!"

재식은 비명을 질렀다. 화살에 맞는 순간이 몬스터가 돌을 놓으려는 순간이었다. 돌은 그대로 재식을 향하여 떨어졌다.

재식은 얼굴이 하얗게 질린 채로 방패 능력을 최대로 올려 돌을 막았다. 다른 조합원들은 무정하게도 몬스터가 떨어지는 방향으로 달려갔다.

쾅!

재식과 돌이 충돌하고 주위로 먼지가 퍼져 갔다.

"어라?"

돌은 멀리 굴러갔다. 먼지 가운데서 재식은 멀쩡한 자신의 몸에 의아해했다.

"뭐 하세요! 빨리 와요!"

미영이 뛰어가면서 재식을 불렀다. 재식은 갑자기 깨달았다. 돌이 빛나지 않았다. 능력이 주입되지 않았던 것이다.

재식은 입맛을 다시며 미영을 따라갔다. 그러더니 갑자기 소리쳤다.

"미영 씨가 하면 되잖아요! 다치지도 않고!"

미영은 재식을 향해 한쪽 눈을 찡긋했다.

"고마워요~"

몬스터는 다행히 바닥에 부딪치기 전에 정신을 차릴 수 있었다. 급하게 날개를 펄럭이면서 자신의 바보 같은 실수에 이를 갈았다. 협곡을 다 무너뜨려 복수해야겠다고 다짐했다.

그리고 겨우 자세를 잡은 몬스터에게 여러 발의 화살이 날아왔다. 그리고 그 뒤를 따라 빛나는 창이 날아왔다.

몬스터는 공중에서 그야말로 산화했다. 여러 발의 화살에 몸의 여러 곳이 뚫리더니 관통 화살에 의해 날개 한가운데에 구멍이 뻥 뚫렸다. 그리고 창에 맞은 머리 한쪽이 뜯겨 나갔다.

몬스터는 그대로 추락해서 연기가 되었다.

호영은 일행 뒤에서 입맛을 다셨다. 자신의 능력은 사정거리마저도 짧았다.

몬스터가 추락한 곳에 가까이 있던 미리가 구슬을 집어 올렸다. 번개같이 다가온 보람과 다희가 눈에서 빛을 뿜었다.

미리가 뒤로 물러서면서 겁에 질렸다.

"무서워요."

호영이 구슬을 넘겨받아 보람 등을 보면서 구슬을 좌우로 움직였다.

보람과 다희의 고개가 먹이를 본 강아지처럼 구슬을 따라 움직였다.

"오! 재미있다!"

퍽!

미영이 뒤에서 호영의 머리를 강타했다. 그 모습을 보고 사람들은 웃었다.

그 뒤쪽으로 성준이 소영을 안고 바닥에 내려섰다. 소영은 눈을 반짝반짝 빛냈다.

"보람 언니하고 하은 언니가 오빠한테 반한 이유를 알았어요. 이렇게 딱 붙어서 싸우니 호감도가 장난 아니게 오르는데요? 오빠가 막 빛나요."

성준이 소영의 머리에 꿀밤을 먹였다.

"아야, 걱정 말아요. 오빠는 내 취향 아니니까. 난 연하 취향이에요."

성준은 소영의 말에 입을 딱 벌렸다.

구슬은 보람의 양보로 다희가 먹게 되었다. 고마워서 다희는 보람을 꼭 껴안았다.

이제 보람만 남았다. 다른 사람들은 모두 2레벨이 되었다. 능력이 중구난방이기는 하지만 이 안에서 방법을 찾으면 되었다.

"자, 출발합시다. 여기에서 엘리트를 못 잡아도 귀환 지점에서 엘리트를 잡으면 보람 씨도 2레벨이 되는 겁니다."

일행은 협곡을 무사히 지나갔다. 다행히 아직까지 2레벨 엘리트 몬스터가 보이지 않았다.

일행이 숲으로 다시 들어서서 좀 지났을 때다. 아직까지 몬스터의 공격은 없었다. 앞쪽에서 물 쏟아지는 소리가 들렸다. 폭포였다.

일행은 반색하면서 속도를 올렸다.

성준은 다시 한 번 감각을 활성화했다. 상당 기간 몬스터가 보이지 않았다. 그리고 몬스터가 다닌 흔적도 없었다. 이런 지역은 하나밖에는 없었다.

"모두 정지."

성준은 일행을 향해 낮게 말했다.

"2레벨 엘리트 몬스터의 영역인 것 같아요."

일행은 모두 무기를 고쳐 잡았다.

"제가 정찰하겠습니다."

성준은 일행 앞으로 달려나갔다. 그리고 폭포가 떨어지는 작은 호숫가에 있는 나무 뒤에서 관찰했다.

역시 예상이 맞았다.

호수 안에서부터 올라온 긴 몸통이 보였다. 머리는 호숫가에 누이고 눈을 감고 있었다. 몸은 은색의 비늘로 덮여 있고 다리는 보이지 않았다.

몬스터는 거대한 물뱀, 혹은 소설에 나오는 이무기, 용 등을 닮았다.

성준은 정보를 확인했다.

—산악 지형 호수 생물 실험체 각성 버전.
—2등급.
—산악 지형 테스트를 위해 제조.
—특이 능력 각성: 물 이용.
—강점: 자유로운 물 공격.
—단점: 지상에 나오면 공격력을 거의 상실한다.
—수면.

성준은 난감했다. 그냥 다른 곳으로 가면 상대를 안 해도 되는데 호수 안에는 물고기가 있을 확률이 높았다.

우선 성준은 조용히 후퇴했다.

성준이 일행에게 도착한 후 귀환자 조합원들은 회의를 시작했다. 다들 고민스러운 표정이다. 그때 미영이 이야기했다.

"물에 있는 몬스터잖아요. 멀리 도망가면 못 쫓아올걸요?"

성준이 미영에 말에 생각에 잠겼다. 한 번 해볼 만할 것 같았다.

"다른 사람이 시선을 끌고 제가 물에 독을 풀어 보겠습니다. 엘리트 몬스터가 중독당하면 좋고 아니면 다시 퇴각하죠."

일행은 모여서 작전을 짜기 시작했다.

우선 성준은 호영과 둘이서 다른 쪽으로 호수에 접근했다. 그리고 다희와 헤라, 정 교관은 일차 타격을 위해 숨어서 대기했다.

그리고 그들 옆에 재식과 미영이 몬스터의 이목을 끌기 위해 대기했다. 여고생 삼인방은 나무 위에 올라 약점이 보이면 한 방 먹여주기 위해 기다리고 있다.

특별한 타격 방법이 없는 보람은 먼 곳에서 대기하고 있었다.

일행은 서로 맞춘 시계를 확인했다. 시간이 되었다.

다희는 쇠뇌를 호숫가에 누워 있는 몬스터의 머리를 향해 겨누었다. 폭발 화살의 데뷔였다. 다희는 빛나는 화살을 발사했다. 화살은 몬스터의 머리를 향해 날아갔다.

쾅!

몬스터의 머리가 큰 충격에 의해 옆으로 튕겨 나갔다.

그때 정 교관과 헤라가 창과 화살을 날렸다. 창과 화살은 정신을 못 차리는 몬스터를 향해 날아갔다. 의외로 효과가 좋을 것 같았다.

그러나 그렇게 쉽게 되는 일은 없었다. 몬스터의 옆에 물로 만들어진 방패가 나타났다.

펑!

화살과 창은 방패와 충돌해서 방패를 없애 버렸지만 몬스터를 타격하는 데는 실패했다. 정신을 차린 몬스터는 누워 있던 몸을 꼿꼿이 세웠다.

호수 가운데에서 몬스터가 몸을 물 위로 내밀고 창과 화살이 날아온 방향을 바라보았다.

그곳에서 재식과 미영이 호숫가로 튀어나왔다. 그리고 서로 반대로 달려갔다. 몬스터는 두 사람을 보고 잠시 움찔하는 것 같더니 물 아래에서 두 개의 물 덩어리가 올라왔다. 그리고 두 사람을 향해 쏘아졌다.

"젠장, 타깃이 둘이라니⋯⋯."

재식은 방패 능력을 사용해서 물 덩어리를 막았다.

펑!

물 덩어리와 충돌하고 재식은 숲으로 날려가 버렸다. 날려간 재식은 겨우 몸을 일으켜 미영 쪽을 바라보았다.

미영은 물 덩어리를 능력으로 투과시킨 후 숲으로 쏙 들어가 버린 상태였다.

"아, 뭔가 부럽군.

재식은 아픈 몸을 부여잡고 투덜거렸다.

그렇게 일행이 몬스터의 혼을 빼고 있을 때 성준과 호영은 반대편의 호숫가에 도착해 있었다.

호영은 능력을 사용하면서 양손을 들어 올렸다. 호영은 양팔에 검은 안개를 생성했다. 검은 안개는 나무로 변하면서 호수 방향으로 쏘아졌다.

호영이 쏘아 보낸 나무는 하나는 멀리, 하나는 가깝게 날아 갔다.

그리고 성준은 가깝게 날아간 나무를 향해 능력을 사용해서 뛰었다

나무는 물에 떨어졌고, 성준은 아슬아슬하게 나무 위에 올 랐다. 그리고 바로 나무를 박차고 다음 나무로 뛰었다. 다음 나무에 내려선 성준은 몬스터를 향해 고개를 돌렸다.

몬스터는 나무가 물에 떨어지는 소리에 고개를 돌렸다. 그 리고 성준을 발견한 몬스터는 다시 물을 움직여 성준을 공격 하려고 했다.

그때 몬스터를 향해 세 발의 화살이 날아왔다. 각기 약점으 로 생각되는 부위를 쏜 화살이지만 두 발은 비늘에 부딪쳐 실 패하고 눈을 향해 쏜 화살만이 눈꺼풀에 꽂힐 수 있었다.

몬스터는 순간 마비가 되었다.

성준은 나무를 박차고 몬스터 앞으로 다가왔다. 그리고 검을 휘둘렀다. 우선 몸에 상처를 내고 물에 독을 탈 생각이다.

검은 다행히 몬스터의 몸을 갈랐다. 몬스터가 비명을 질렀다.

"키이이익!"

고음에 성준은 인상을 쓰면서 몬스터의 몸을 박차고 다시 나무 위에 올라섰다. 이제 물에 검을 박을 차례였다.

성준이 검을 꽂으려 하는데 물속에서 검은 그림자 수십 개가 올라왔다.

성준이 놀라는 사이에 물속에서 사람 몸통 굵기만 한 뱀들이 튀어나왔다.

성준의 눈이 동그래졌다. 몬스터 소굴이었다. 성준은 뒤돌아 달리기 시작했다.

"어쩐지 딱딱 맞는다 했다."

성준은 미친 듯이 통나무와 몬스터들의 몸을 밟으면서 호숫가를 향해 달렸다. 뒤에서 거대한 엘리트 몬스터가 물을 모으는지 오싹한 기분이 들었다.

앞쪽에서는 호영이 나무를 쏘아대고 있고, 성준이 발을 디딜 만한 곳의 몬스터에는 화살이 박혀서 기절했다.

거의 다 왔다. 그런데 갑자기 정면의 물에서 조금 큰 몬스터 한 마리가 튀어나왔다. 몬스터는 공중에 떠 있는 성준이 내려설 곳으로 물 덩어리를 쏘았다.

"제길."

성준은 공중에서 허공 도약을 사용해서 방향을 바꾸어 몬스터를 향해 뛰어들었다. 마침 몬스터는 화살에 맞아 덜컥 멈추었다.

성준은 검으로 몬스터를 반으로 갈랐다. 그리고 영기가 다 떨어져서 물에 빠졌다.

천만다행이었다. 성준의 위로 거대한 물 덩어리가 지나갔다. 물 덩어리는 호영의 옆을 지나 호숫가를 강타했다.

성준은 허리밖에 안 오는 물에서 미친 듯이 뛰어나왔다. 그리고 일행은 뒤도 안 돌아보고 도망쳤다.

뒤에서 엘리트 몬스터의 괴성이 호수를 울렸다.

도망치는 성준의 손에 방금 죽인 몬스터에서 나온 구슬이 쥐어져 있다.

몬스터를 피해 달아난 일행은 보람이 기다리고 있는 장소로 모였다.

"대실패! 몬스터 수영장일 줄이야!"

미리가 어이가 없다는 듯이 말했다. 소영과 보람도 어이없다는 듯이 머리를 흔들었다. 다른 사람들은 도망치느라고 정신없어서 여고생 3인방만이 몬스터의 숫자를 정확하게 확인할 수 있었다.

도착한 사람들은 여기까지 달려오느라고 다들 지쳐서 쓰러졌다. 성준은 한숨을 쉬면서 바닥에 앉았다.

"모두 자리에 앉아서 쉬도록 하죠. 여기는 2레벨 엘리트 몬스터 구역입니다. 다른 몬스터는 없을 겁니다. 어차피 이 구역 몬스터들은 물에서 사는 몬스터이니 기본적인 경계만 하면 될 겁니다."

그렇게 일행을 쉬게 하고서 성준은 엘리트 몬스터에게 도망치면서 구한 구슬을 꺼냈다.

―영기보석 물 이용 레벨 1.
―레벨 1 영기 성장치 100 진입자를 2레벨 검투사로 만듦.
―레벨 2 이하의 검투사의 영기 성장치를 증가시킴.
―물의 이용이 추가됨.
―뛰어난 창조력이 필요.
―적용 방법: 먹기.

마지막에 덤벼들던 큰 몬스터에게서 얻은 구슬이다. 역시 예상대로 1레벨 엘리트 몬스터였다.

보람은 성준이 구슬을 꺼낸 것을 보고 눈을 반짝였다.

"그 구슬 뭐예요?"

"도망쳐 나올 때 마지막 몬스터를 죽이고 얻은 겁니다. 엘리트 몬스터였나 봐요."

보람이 성준에게 바짝 다가왔다. 보람의 눈이 초롱초롱 빛났다.

"보람 씨 차례예요. 받으세요."

성준은 보람에게 구슬을 건넸다. 보람은 구슬을 받아 바로 입에 넣었다.

"모두 주위를 지켜주세요. 보람 씨가 구슬을 먹었습니다."

일행은 어리둥절하다가 바로 보람의 주위를 지키기 시작했다.

보람은 거의 10분이 지나서 정신을 차렸다. 성준은 보통 사람들보다 오래 걸린 보람이 걱정스러웠다.

"괜찮아요? 상당히 오래 걸렸어요."

"네? 그렇게 시간이 흘렀어요?"

보람은 오히려 어리둥절했다. 자신은 시간의 흐름을 느끼지 못한 모양이다.

"뭔가 복잡해서요. 아직도 잘 모르겠어요."

보람은 한쪽 손을 들어 앞을 가리켰다. 허공에 검은 연기가 뭉치는 것 같더니 커다란 물방울로 변했다. 그리고 물방울은 납작해지면서 방패 형태로 변하다가 바닥에 쏟아졌다.

"이거 꽤 어려운데요?"

능력을 사용해 보던 보람은 좀 난감한 표정이다.

이 능력은 다양한 방법으로 사용이 가능하지만 배우는 것이 어려운 모양이었다. 결국 많은 연습이 필요한 상황 같았다.

보람은 당장 능력으로 일행에 도움을 주기는 힘들 것 같았다.

일행은 이 자리에서 잠자리에 들기로 했다. 이미 천장의 빛이 어두워지기 시작했다.

일행은 주위에 경계용 기물들을 설치하고 불침번을 세운 다음 잠자리에 들었다. 그날 밤은 아무 일도 없이 지나갔다. 모두 푹 잘 수 있었다.

다음 날 일행은 출발 준비를 했다.

일행은 다시 던전의 중심이자 이 산의 꼭대기로 방향을 잡고 진행하기 시작했다.

산은 상당히 험했다. 일행은 점점 길이 험해지는 것을 느꼈다. 다행히 아직 몬스터가 등장하지 않아 다행이지만 슬슬 걱정이 되었다.

일행은 결국 암벽과 마주하게 되었다.

"제가 위로 올라가서 로프를 아래로 내릴게요. 그리고 한 명씩 위로 올라갑시다."

성준은 일행에게 동의를 구했다. 일행은 대안이 없자 고개를 끄덕였다.

성준은 가방에서 로프를 꺼내 암벽 앞에 섰다.

암벽은 100미터 정도 되어 보이였다. 한 번에 올라가기는 불가능했다.

성준은 검을 만들고 능력을 사용해 위로 점프했다. 그리고 허공에 뜬 상태로 암벽에 검을 꽂았다. 그리고 다시 한 번 더 능력을 사용해서 거의 절반 정도 올라왔다.

그때였다. 암벽의 위쪽에서 몬스터들이 나타났다. 어제 본 새 몬스터와 비슷하지만 덩치가 더 큰 놈들이었다. 성준은 바로 확인해 보았다.

―산악 지형 비행 생명체 실험체 버전.

―2등급.

―산악 지형 테스트를 위해 제조.

―강점: 강력한 앞발을 가지고 있다.

―단점: 너무 빠른 속도를 잘 제어하지 못한다.

―흥분.

2레벨 비행 몬스터였다.

성준은 난감했다. 올라갈 수도 없고 내려갈 수도 없었다.

성준이 난감해하면서 매달려 있자 몬스터들이 성준에게 들이
닥쳤다.

슈슈슈슈!

아래에서 화살이 몬스터들을 향하여 날아왔다. 조합원들
의 도움이다. 성준은 감사히 여기면서 절벽에 박혀 있는 검을
없애고 아래로 떨어졌다.

몬스터들이 성준을 노렸지만 화살의 방해에 목적을 이룰
수가 없었다. 벌써 열 마리가 넘던 몬스터의 반이 땅으로 떨
어졌다. 나머지 몬스터들은 다시 날개를 펼쳐서 상승 기류를
타고 위로 솟구쳤다.

성준은 아래에 내려와서 한숨 돌렸다. 성준이 일행에게 말
했다.

"보통 방법으로 올라가기 힘들겠는데요. 몬스터를 다 잡든
가 빙 돌아가든가 해야 할 것 같아요."

성준의 말에 일행은 주위를 둘러보았다. 돌아가기에는 암
벽이 너무 길었다. 시야 밖에까지 이어져 있어서 어디서 끝날
지 알 수가 없었다.

"돌아가기는 힘들 것 같은데요? 몬스터를 잡을 방법을 이
야기하죠."

일행은 여러 가지 방안을 이야기해 보았지만 뚜렷한 방법
이 없었다. 결국 성준이 다시 절벽에 매달려 미끼 역할을 하

게 되었다.

성준은 다시 로프를 들고 절벽 밑에 섰다. 그리고 위로 향하여 점프해 검을 박고 다시 점프했다. 성준은 결국 방금 전 몬스터들이 공격하던 바로 그 장소에 도착했다.

허공을 배회하던 몬스터들은 다시 위에서 성준을 향하여 내리꽂혔다. 그런데 밑에서 화살이 날아오니 바로 성준을 공격하던 몬스터들은 다시 하늘로 솟구쳤다.

이런 식이면 서로 대치만 하다 끝이 나지 않을 것 같았다.

성준은 몬스터가 위로 솟구친 틈을 타서 자신도 위로 올라가기 시작했다. 두 번만 더 위로 점프하면 될 것 같았다.

몬스터들은 공격을 받을까 봐 밑으로 내려오지 못하고 있었다. 몬스터가 성준을 향해 소리를 질러대는 사이 성준은 결국 절벽 위로 올라설 수 있었다.

절벽 위 눈앞에 거대한 구멍이 나 있었다. 그 구멍은 크고 깊어서 산의 중심부까지 이어진 것 같았다. 몬스터들은 비명 같은 소리를 내며 성준에게 달려들었다. 성준에게 달려든 몬스터들은 성준이 능력을 사용해서 위로 솟구치자 그대로 땅과 충돌해서 굴렀다.

땅이라면 몬스터들은 성준의 상대가 아니었다. 성준은 땅에 내려서자 몬스터들에게 달려들었다. 몬스터들은 반항했지만 미처 날지를 못하고 성준에게 제거되었다.

모든 몬스터를 제거한 후에 성준은 로프를 아래로 내렸다. 그리고 현재 상황을 아래에 소리쳐서 알려주었다.

안전하다는 이야기에 한 사람씩 위로 올라오기 시작했다. 모든 인원이 올라온 뒤 일행은 구멍을 바라보았다.

"아, 들어가기 싫어라. 몬스터홀 처음 들어올 때가 생각나네."

"나도 그래요. 기분이 상당히 찜찜하네요."

헤라와 미리가 투덜거렸다.

성준도 기분이 안 좋았지만 방법이 없었다. 동굴 위쪽으로는 기암괴석이 산꼭대기까지 이어져 있다. 성준을 제외하고 다른 사람들은 동굴 말고는 더 이상 나아갈 방법이 없었다. 귀환자 일행은 동굴 안으로 들어갔다.

동굴은 일행이 처음으로 몬스터홀에 들어서던 그 동굴과 다를 바가 없었다.

일행은 한참을 걸어 들어갔다. 길은 아래로 나 있고, 일행은 점점 아래로 내려갔다.

어느 순간 갑자기 전면에 몬스터들이 등장하기 시작했다. 전에 본 몬스터였다. 처음 몬스터홀에 빠졌을 때 구로 몬스터홀 귀환 지역에서 본 붉은 개미 몬스터가 동굴 안쪽에서 쏟아져 나왔다.

"모두 전투 준비!"

정 교관이 소리쳤다. 그리고 일행은 침착하게 자신의 자리를 찾아가 몬스터를 상대할 준비를 했다. 성준도 검을 만들어 내고 일행의 중앙에서 침착하게 적을 바라보았다.

—곤충형 실험체.
—1등급.
—지하 지형에서의 적응도 실험.
—강점: 다량 생산.
—단점: 군집 의식으로 단일 개성 상실.
—진격.

군집 의식, 낯선 단어에 성준은 고개를 갸우뚱했지만 전투가 우선이었다.

일행은 전투를 시작했다.

전면은 호영과 재식의 자리다. 호영은 능력을 사용해 바닥에서 나무가 자라나게 했다. 호영의 나무는 1레벨 몬스터에게는 충분히 강력한 장애물이었다.

나무 사이를 비집고 나오는 몬스터는 재식이 방패로 막았다. 그리고 그들 뒤에서 화살이 앞으로 쏘아졌다. 능력을 사용하지 않은 보통의 화살이었다.

하지만 능력을 사용하지 않아도 충분히 강력했다. 개미 몬스터들은 추풍낙엽처럼 쓰러졌다.

하지만 싸움은 끝이 나지 않았다. 개미 몬스터의 숫자가 줄어들지 않는 것이다. 일행의 얼굴에 피로가 보이기 시작했다.

성준은 인상을 쓰다가 영기분석으로 알아낸 정보를 생각해 냈다. 적들 가운데 대장이 있고 이놈들은 대장의 명령에 의해 움직이는 놈들이다.

"모두 막고 계세요. 이 녀석들에게 명령하는 놈이 있는 것 같습니다. 제가 잡겠습니다."

성준은 대각선으로 뛰어올라 옆의 벽을 박찼다. 그리고 좌우의 벽을 박차면서 몬스터들의 위를 지나 앞으로 전진하기 시작했다. 능력이 2레벨로 향상되면서 컨트롤 능력이 많이 상승했다.

전진하다 영기가 떨어지면 벽에 검을 박고 매달려서 영기가 차는 것을 기다렸다.

그렇게 한참을 전진하니 역시 예상대로 덩치가 다른 몬스터가 보였다.

―곤충형 실험체 각성 버전.
―1등급.
―지하 지형에서의 적응도 실험.
―특이 능력 각성: 의식 공유.

―강점: 휘하 몬스터들의 통합 명령 가능.

―단점: 자신의 공격력 부재.

―진격.

'찾았군!'

성준은 몬스터를 향해 뛰어들었다. 바로 끝낼 생각이다. 하지만 몬스터를 너무 얕보았다.

엘리트 몬스터는 성준이 날아오는 모습을 보자 주위의 몬스터들에게 명령을 내렸다. 주위의 모든 몬스터가 성준을 향해 달려들었다. 높이가 낮아 안 닿으면 옆의 몬스터 위로 올라가서 뛰어올었다.

하지만 몬스터들도 성준을 얕보았다. 성준은 허공에서 발을 박찼다. 그러자 성준은 천장으로 뛰어올랐고, 다시 천장을 박차서 아래의 몬스터에게 뛰어들었다.

그리고 성준의 검에 의해 엘리트 몬스터의 숨이 끊어졌다. 성준은 몬스터가 연기로 사라지자 나타난 구슬을 잡았고, 다른 몬스터들은 성준을 무시하고 동굴 속으로 사라져 갔다.

성준은 구슬을 확인했다.

―영기보석 영기 정보 교환 레벨 1.

―레벨 1 영기 성장치 100 검투사를 2레벨 검투사로 만듦.

—레벨 2 이하의 검투사의 영기 성장치를 증가시킴.

—영기 정보 교환이 추가됨.

—1레벨에서는 한 명이 한계.

—적용 방법: 먹기.

성준은 구슬의 내용을 보고 고개를 갸우뚱했다. 전혀 알 수 없는 내용이다. 성준은 입맛을 다시고 구슬을 주머니에 넣었다.

성준과 일행은 다시 만났다. 일행 쪽에 있던 몬스터들도 어느 순간 썰물처럼 빠져나갔다는 것이다.

성준과 일행은 잠시 쉬고 다시 동굴을 나아갔다. 그렇게 한참을 나아가다 갑자기 길이 끝났다. 전방에 광장이 보이고 가운데 쇠기둥이 있다. 귀환 지역이었다.

성준은 고개를 갸우뚱했다. 다른 던전과 귀환 지역까지도 달랐다. 어쨌거나 성준은 귀환 지역으로 들어가서 기둥 가까이 갔다. 이곳의 기둥에도 글이 적혀 있었다.

이 글을 본 사람들끼리 이야기한 바로는 지구상에는 존재하지 않는 문자라고 했다. 성준은 글을 읽었다.

시간제한 귀환 쇠기둥.

우리 종족은 멸족되었습니다. 저도 한 팔이 잘려 나갔습니다.

이제 마지막 전투를 하려고 합니다. 일족의 마지막 전사 수리.

10분 시간제한. 시간 안에 다 잡으면 보스룸 이동 존으로 변함. 그대의 무훈에 기사의 가호가 있기를.

우리 대륙도 반파됨. 하지만 딸을 지켜야지.

우리는 아직 잘 버티는 중.

흠, 여기 몬스터들이 그렇게 강했나?

다른 글은 전과 다름없이 적혀 있었지만 수리란 사람이 적은 글은 어린아이가 쓴 글처럼 엉망이고 글씨도 희미했다. 아마 잘린 팔이 글을 쓰는 쪽이었나 보다.

성준과 조합원 일행은 한 종족의 마지막이라는 말에 엄숙해졌다. 우리 세상도 끝이 이 글처럼 될 수 있는 것이다.

성준은 모두에게 말했다.

"모두 잠시 쉬고 전투를 하겠습니다. 최대한 가보겠습니다."

모두 자리에 앉아 쉬기 시작했다. 다들 조용한 가운데 성준은 꿈을 생각하고 있었다.

제4장
수호 Ⅱ

성준의 눈에 숲 사이로 난 길이 보였다.

잠깐 쉰다고 눈을 감았는데 그만 잠이 들어버린 모양이다.

성준은 그냥 꿈이 흐르는 대로 놓아버렸다. 꿈속에서 뭔가 통제해 보겠다고 노력해서 잘된 경험이 없었다.

성준은 숲길을 걸어갔다. 숲 속은 전과 분위기가 많이 달랐다.

얼마나 걸었을까, 숲이 끝났다.

앞에는 넓은 평야가 펼쳐져 있다. 그곳에는 나무와 건물이 조화를 이루면서 만들어진 커다란 도시가 보였다.

도시는 5층 이하의 낮은 건물만 보였다. 계획도시던가 옛날

도시인 모양이다.

그리고 그 도시는 지금 폐허로 변해가고 있었다.

가장 높은 종탑이 거대한 몬스터의 손에서 나온 검은 구슬에 의해 터져 버렸다. 그리고 정말 거대한 몬스터 한 마리는 그 몸체 그대로 전진해서 앞에 있는 모든 건물을 깔아뭉갰다.

도시는 거대한 몬스터들에 의해 해체되고 있었고, 그 도시의 내부에서는 사람들이 몬스터들에게 살육당하고 있었다.

그리고 성준의 눈앞 하늘에는 검은 문양이 멀리 지평선 끝에서 끝까지 펼쳐져 있었다.

성준은 꿈이라는 것을 인식하면서도 이 세상은 끝났다고 생각했다.

"이 도시가 없어지면 이제 우리가 살던 흔적은 이 세상에서 사라지는군요."

성준은 여성의 목소리에 고개를 돌렸다. 물론 생전 처음 들어 보는 언어 체계다.

성준의 옆에 두 명의 여성이 있다. 한 명은 몸에 가죽 갑옷을 걸치고 등에 창을 멘 아름다운 여전사였다. 그녀는 안타깝게도 한쪽 팔이 팔꿈치에서 잘려 나가 피로 물든 천으로 칭칭 감겨 있다.

그리고 그녀는 다른 한 여성을 안고 있었는데 그녀는 새하얀 얼굴로 곧 죽을 것처럼 숨을 헐떡였다. 방금 한 말은 이 여성이 한 것이다.

"이미 한참 전에 우리는 졌습니다. 그저 생명줄을 놓치지 않으려고 한 것뿐이지요."

"그래도 안 들키고 한 1년 버텼나요? 이 많은 생명을 그 정도 더 살 수 있게 한 것이면 내 목숨과 잘 바꾼 것 같네요."

말을 마친 여성은 격렬하게 기침을 했는데 피가 섞여 나왔다.

"이제 그대는 어떻게 할 건가요? 제가 죽으면 당신의 모든 의무는 끝이 납니다. 물론 세상은 멸망한 뒤지만요."

"이 일의 시작 지점으로 가볼 겁니다. 최초의 몬스터홀이면 폐물이 된 전사의 최후로 괜찮을 것 같습니다."

가죽 갑옷의 전사는 말을 하면서 자신의 잘린 팔을 바라보았다.

"그래요. 귀환석에 글을 남겨두었으니 어느 세계의 누군가가 이 일을 인계받겠지요. 우리의 할 일은 다 끝났네요."

말을 마친 여성이 눈을 감자 잠시 뒤 여성의 몸에서 검은 연기가 나오기 시작했다.

"안녕히, 나의 아름다운 친우여."

마지막 말을 마친 여성의 몸이 검은 연기로 변해 하늘로 올라가기 시작했다.

성준은 도시로 시선을 돌렸다. 도시 곳곳에서 검은 연기가 하늘로 올라가 하늘에 있는 문양에 흡수되고 있었다.

"곧 다시 만나요, 나의 소중한 벗."

고개를 숙이고 있던 아름다운 여전사는 검은 머리를 뒤로 흩날리면서 성준에게 등을 돌리고 걸어가기 시작했다.

성준은 잠에서 깨어났다. 글을 읽고 나서 상상이 꿈이 된 것일까?

성준은 눈을 감고 주위에서 들리는 소리에 귀를 기울였다.

"으, 레벨이 올라가면 뭔가 달라지려나? 매번 침 묻혀서 화살 날리는 것은 할 짓이 못 돼."

"혹시 딴 구슬 먹으면 바뀌지 않을까?"

"바뀔지 안 바뀔지 모르지만 따지고 보면 구슬 하나에 30억짜리야."

"히익!"

여고생 삼인방이 자신의 능력에 대해 투덜대고 있었다.

"신상에다 차까지 샀는데 돈이 아직도 많아. 그것도 명품에 고급 수입차를 샀는데 말이야. 난 이런 세상이 존재할 줄 몰랐어."

"그러다가 나중에 크게 당한다."

"괜찮아. 어차피 하루살이 목숨이야. 열심히 벌고 열심히 써야지."

헤라의 열변에 하은이 밀렸다.

"세상에 자신 혼자 남는다면 어떤 기분일까요? 모든 희망이 사라졌을 텐데."

"모르겠어. 나도 같이 들어온 술집 애들이 모두 죽었을 때 그냥 막막한 상황이었으니까. 너도 마찬가지일걸? 너무 슬프거나 무섭거나 하면 어느 한계를 넘지 않고 제어되는 기분이었어. 아마 우리는 그런 절망을 보아도 느끼지 못할 거야."

보람과 미영은 그나마 깊은 내용을 이야기하고 있었다.

"그래서 말이야, 내 능력을 며칠 전 밤에 호영 씨에게 써보았는데 말이야⋯⋯."

밤 깊은 이야기였다.

성준은 눈을 떴다. 이제 싸울 시간이다.

성준은 옆을 돌아보았다. 정 교관은 배치에 대해 고민 중인지 일행과 주변을 계속 둘러보았다. 그리고 재식과 호영은 몸을 풀고 있었다. 그리고 여성들이 일어나고 있었다.

"자, 이제 시작합시다."

이번에는 아직 능력을 잘 사용하지 못하는 보람이 문양에 손을 대고 있기로 했다.

성준은 모든 일행이 자리를 잡은 것을 확인하고 보람에게 고개를 끄덕였다.

보람이 손을 문양에 올렸다. 이제 시작이었다.

등장한 몬스터는 도마뱀 몬스터였다. 이놈들이라면 엘리트 몬스터는 전기를 뿜는 놈일 것이다.

성준이 영기분석을 사용해 몬스터를 파악했다.

　　―동굴 시험용 파충류.

　　―1등급.

　　―파충류의 전기 능력 사용 여부 테스트 위해 제조.

　　―특이 능력을 각성하지 못해 대량 생산.

　　―강점: 돌진해서 사람을 올라탄다.

　　―약점: 위쪽의 압력에 약하다. 배에 비늘이 없다.

　　―흥분.

호영과 재식의 눈에서 스파크가 튀었다. 이놈들에 의해서 자신들의 형제 같은 동료들이 죽어버렸다.

"내가 하지."

호영이 한마디 하고는 한 손을 내밀었다. 손에서 검은 연기가 뿜어져 나오더니 나무 기둥이 되어 몬스터를 날려 버렸다.

날려간 몬스터는 비척거리면서 일어나려고 했다. 그러자

화살 한 발이 날아와 몬스터의 머리에 구멍을 내었다. 혜라였
다.

"같이해요. 내 친구도 그 녀석들에게 죽었어요."

그리고 그 뒤는 학살이었다. 여덟 마리까지 등장한 몬스터
는 일행에 의해 짧은 시간도 버티지 못하고 학살당했다.

"우리 정말 강해진 것 같아요."

"그러게. 이 녀석들한테 도망 다니던 게 얼마 전인데."

두 전 건달은 흥이 났는지 빠떼루 신공을 펼치려고 하다가
하은과 보람에게 욕만 먹었다.

이제 엘리트 몬스터 차례였다. 문양에 엘리트 몬스터가 나
타났다.

─동굴 시험용 파충류 각성 버전.

─1등급.

─파충류의 전기 능력 사용 여부 테스트 위해 제조.

─특이 능력 각성: 전기.

─상당한 고압의 전기로 두 가지 공격 타입이 있다.

─약점: 전기를 내뿜는 뿔이 텅 비어 있다.

─흥분.

엘리트 몬스터는 나타나자마자 전기를 뿜으려고 하는지

머리에 있는 뿔에서 스파크가 튀어 올랐다.

그 앞을 재식이 막아서고 방패 능력을 발동하였다. 그리고 방패 능력에 몬스터가 쏘아 보낸 전기가 덮쳤다.

몬스터가 전기 사용을 마치자 재식이 들고 있는 방패를 아래로 내리면서 몬스터에게 소리쳤다.

"이제는 안 통한다, 이놈아!"

소리치는 재식의 머리는 사방으로 뻗쳐 있었다. 그런 몬스터에게 여러 발의 화살이 쏘아졌다. 그리고 강화된 화살과 능력화살을 막지 못하고 몬스터는 그대로 연기가 되었다.

구슬을 집어 든 일행 앞으로 이번에는 두 마리의 엘리트 몬스터가 나왔다.

몬스터들은 나타나자마자 전기를 뿜어냈는데 전기는 각각 재식의 방패와 호영의 나무에 의해 막혔다. 그리고 몬스터들에게 화살이 쏘아졌다.

일반 화살은 그래도 전기 능력에 의해 버티는 듯싶었지만 마비 화살에 의해 마비되고 관통 화살과 폭발 화살에 의해 끝장이 났다.

성준이 나설 필요도 없었다. 구슬을 집어 든 성준은 다음 몬스터를 대비시켰다.

"이제 열여섯 마리입니다. 마지막입니다."

성준의 말이 끝나자 열여섯 개의 문양에서 몬스터가 쏟아졌다.

여덟 마리의 크기가 더 크고 생긴 것도 다른 몬스터가 등장했다. 2레벨 몬스터였다.

성준은 몬스터를 영기분석해 보았다.

—동굴 시험용 파충류.

—2등급.

—파충류의 비늘 강화 테스트 위해 제조.

—특이 능력을 각성하지 못해 대량생산.

—강점: 방어력이 강력하다.

—약점: 활동성이 약화되었다.

—흥분.

빠른 놈부터 잡아야겠다고 생각한 성준이 소리쳤다.

"작은 놈부터 잡아요!"

1레벨 몬스터들은 등장하자마자 화살에 의해 정리가 되었다. 그리고 느릿느릿한 속도로 나머지 여덟 마리의 몬스터가 일행을 향해 다가왔다.

이제 하나씩 능력을 테스트해 보기로 했다. 우선 다희가 폭발 화살을 쏘았다.

쾅！

폭발 화살은 몬스터를 뒤로 날려 보냈다. 몬스터가 꿈지럭 거리면서 일어섰다.

이번에는 관통 화살이었다. 헤라가 신중하게 화살을 쏘았다.

펑!

이번에도 안 뚫렸다. 단지 몬스터가 맞더니 뒤집어져서 고통에 비명을 질러댔다.

쿠에엑!

정 교관의 창도 소용이 없었다. 폭발 화살처럼 뒤로 날아갈 뿐이다.

하지만 몬스터도 너무 느렸다. 아직까지 일행에게 도착하지 않은 것이다. 방어력에 정말 모든 능력이 다한 모양이었다.

성준은 고민스러웠다. 자신의 검도 마찬가지일 것이 분명했다. 어디인가 약점이 있을 것이다. 그렇지만 시간제한이 있는 상황에서 하나하나 찔러보기도 그랬다.

그때 문양에 손을 올리고 있던 보람이 소리쳤다.

"제가 한 번 해볼게요!"

보람의 말에 성준은 허락했다. 이번에도 안 되면 우선 서울 집으로 돌아가는 것이다.

보람은 손을 올려 제일 앞쪽의 몬스터를 가리켰다.

보람의 손에서 검은 연기가 물로 변하더니 몬스터를 향해 날아갔다. 구부렁거리는 물 덩어리는 빠르지 않은 속도로 몬스터에게 날아가 몬스터의 머리에 뒤집어씌워졌다.

잠시 뒤 몬스터는 숨이 막히는지 발버둥을 쳤다. 하지만 발버둥치는 속도도 빠르지 않아 물이 얼굴을 벗어나지 않았다. 그리고 잠시 뒤 몬스터는 죽어 연기가 되었다.

"오, 잡았다."

"하지만 너무 늦어. 시간이 얼마 안 남았어.

다희와 헤라의 말이다.

"괜찮아요. 다중처리는 전부터 자신 있었어요."

보람의 앞에 물방울이 떠오르기 시작했다. 하나, 둘, 셋… 총 일곱 개의 물방울이 떠올랐다. 보람에게도 부하가 큰지 얼굴이 빨개져 있다.

보람에게서 떠오른 일곱 개의 물방울이 몬스터들에게 날아갔다. 그리고 날아간 물방울은 모든 몬스터의 얼굴에 뒤집어씌워졌다. 몬스터들은 모두 숨이 막혀서 죽었다.

"와!"

모두 함성을 지르고 귀환석의 문양이 바뀌었다. 성준이 소리쳤다.

"이제 두 번째 몬스터홀을 제거합시다!"

일행은 모두 보스존으로 이동했다.

귀환자 조합 일행은 보스존 시작 지점에 나타났다. 일행은 눈을 떠서 주위를 둘러보았다. 전에 본 광경과 다를 바가 없었다. 이곳도 일종의 석실 분위기가 났다.

"저번에도 혼자 하는 정찰은 의미가 없었습니다. 이번에는 같이 가보죠. 대신 입구에서 대기하도록 합시다."

성준의 말에 일행은 모두 고개를 끄덕였다.

귀환자 일행은 빛나는 돌이 밝혀주는 석실 통로를 이동했다. 한참을 걸어가자 통로가 끝이 났다.

일행은 모두 입구에서 반대편을 보았다. 이곳도 여의도와 같은 구조였다. 대신 이곳은 중간에 기둥이 보이지 않았다.

반대편 끝에 보스 몬스터가 앉아 있었다. 염소 머리에 몸은 소가 서 있는 모습이다. 그리고 한 명의 모습이 더 보였다. 한쪽 팔이 팔꿈치에서 잘린 아름다운 여성이 보스 옆에 보였다.

성준이 꿈에서 본 여성이다.

보스 몬스터는 눈을 뜨고 일행을 바라보았다. 그리고 말했다.

"먹이들이 왔다. 고장 난 가디언이라도 할 일은 알지? 가서 녀석들을 죽여라. 수리."

"네, 주인님"

흑발의 아름다운 전사는 성한 한쪽 손에 창을 들고 성준의 일행을 가리켰다.

"공격."

석실 사방에서 문양들이 생성되고 그곳에서 몬스터들이 쏟아져 나왔다. 일행의 뒤쪽의 통로에서도 문양이 발생해서 몬스터들이 튀어나왔다.

일행은 포위됐다.

성준은 일행에게 소리를 질렀다.

"통로를 뚫어! 후퇴한다!"

성준은 보스와 적이 되어 나타난 여전사를 마주했다.

돌파력이 제일 좋은 정 교관이 뒤쪽의 통로 쪽으로 튀어나 갔다가 멈추어 섰다.

통로 쪽에 나타난 몬스터는 일반적인 공격이 안 먹히는 2레벨 도마뱀 몬스터였다. 커다란 덩치들이 통로를 딱 막고 있다. 전략을 아는 사람이 짠 전술이었다.

다행히 성준의 일행에게는 보람이 있었다. 보람이 앞으로 나서서 물 덩어리를 만들기 시작했다.

"모두 보람을 보호해!"

자리로 돌아온 정 교관이 일행에게 소리쳤다. 일행은 급하게 보람을 중심으로 한 보호진을 구축했다.

큰 석실 쪽에서 처음으로 생성된 몬스터는 늑대 몬스터들이었다. 일행이 두 번째 구로 몬스터홀에 들어왔을 때 나타난 몬스터였다. 늑대 몬스터들은 세 마리씩 짝을 이루어 일행에게 달려들었다.

달려드는 늑대 몬스터의 앞을 호영과 재식이 막았다. 호영이 나무 기둥을 쏘아내자 나무 기둥에 정통으로 맞은 몬스터가 뒤로 튕겨 나갔다. 그리고 다른 두 마리는 재식의 방패 능력으로 공중으로 튕겨냈다.

성준은 튕겨 나가는 몬스터들을 능력으로 공중에서 따라 잡아 동시에 두 마리의 몸통을 잘라냈다. 두 늑대 몬스터는 뒤로 날려가는 모습 그대로 반으로 갈라져 연기가 되어 사라졌다.

예상대로 공중의 문양에서 몬스터가 끊임없이 생성되었다. 일행은 보람이 통로를 뚫을 때까지 필사적으로 몬스터들을 막아냈다.

보람은 나타난 몬스터들에게 동시에 물 덩어리들을 씌워 버렸다. 잠시 뒤 숨이 막힌 몬스터들이 괴로워하다가 질식해서 죽었다. 그리고 연기가 되어 사라졌다. 하지만 그와 동시에 다시 문양에서 몬스터들이 떨어져 내렸다.

"이런 식으로는 안 돼요! 몬스터를 없애는 속도보다 나타나는 속도가 더 빨라요!"

보람은 물 덩어리를 다시 만들면서 뒤쪽의 일행에게 소리쳤다.

성준은 이를 악물었다. 보스존을 너무 쉽게 보았다. 저번에도 그렇게 고생해서 기적적으로 승리했는데 일행이 다들 레벨 업했다고 너무 긴장이 풀어진 모양이다.

"여기 좀 맡아줘요!"

성준은 늑대 몬스터들에 대한 방어를 조합원들에게 맡기고 뒤쪽으로 달려갔다. 그리고 보람 옆에서 감각을 활성화했다.

그동안 영기분석이 바로 약점을 알려주니 감각을 활성화해서 적의 약점을 찾는 일에 소홀했던 것 같았다.

─방어의 단단함.

─느린 움직임.

─무게가 무거움.

─바닥이 불안정하면?

"다희야! 이쪽으로 와!"

전방에서 폭발 화살을 날리고 있는 다희를 불렀다. 다희가 한걸음에 달려오자 성준은 다희에게 폭발 화살을 몬스터의 발밑에 날리도록 했다.

쾅! 쾅! 쾅!

폭발 화살은 2레벨 도마뱀 몬스터의 움직임을 엉망으로 만들었다. 바닥이 평평하지 않게 되니 구르고 나자빠지고 난리였다.

"다희는 계속 쏘아서 정신없게 만들어!"

성준은 다시 앞으로 가면서 소리쳤다.

"후방에 도마뱀 몬스터가 정신을 못 차리고 있어요! 충분히 빠져나갈 수 있어요!"

성준의 말에 정 교관은 일행을 뒤쪽으로 빼내기 시작했다. 그리고 성준과 호영, 재식, 정 교관이 몬스터의 공격을 막기 시작했다. 마지막으로 몬스터들을 마비시키던 여고생 셋이 빠져나갔다.

"우리도 빠져나갑시다."

그때였다. 전방에서 커다란 소리가 들리고 강력한 기운이 밀려오기 시작했다. 전방의 몬스터들이 사방으로 튕겨져 날아가는 모습이 보였다. 그 모습은 점점 성준 등에게 다가오고 있었다.

재식이 급하게 전면으로 나아가 능력을 최대한 써서 방어했다.

호영은 양손으로 나무를 만들어 앞으로 쏘아 보냈다. 나무는 앞으로 나아가다 산산이 부서져 사방으로 날려갔다. 그리고 그 기운은 재식과 부딪쳤다. 재식은 잠시도 못 버티고 바로 뒤로 튕겨졌다.

그의 뒤에 있던 성준은 위로 점프했고, 정 교관은 튕겨 오는 재식을 잡다가 같이 튕겨져 날려갔다.

성준이 공중에서 본 모습은 그야말로 장관이었다. 50미터 전방에서 여전사가 한쪽 팔로 거대한 창을 내밀고 있었는데 그 창으로부터 일직선으로 몬스터고 성준 일행이고 깨끗하게 날려가 버렸다.

성준은 공중에서 뒤를 돌아보고 이를 악물었다.

정 교관과 재식이 다쳤고 특히 재식은 기절한 상황이다. 성준은 남은 일행에게 소리쳤다.

"다들 달려요! 제가 막고 도망칠게요!"

성준은 말을 하고 허공 도약을 사용해 여전사에게 뛰어들었다.

호영은 그 말을 듣고 바로 나무 두 개를 수평으로 생성해 던져 버리고 뒤를 돌아 재식을 업고 달리기 시작했다.

그의 옆을 입에 피가 묻은 정 교관이 달리고 있다.

"성준이 걱정되지도 않아요? 그만 놔두고 도망치다니."

호영이 정 교관에게 달리면서 떠들었다.

"호영 씨도 마찬가지 아닙니까? 성준 씨는 어디가든지 살아올 것 같아서 그랬지요."

둘은 통로로 뛰어들어 아직도 엉망이 된 바닥을 헤매는 몬스터를 피해 달리기 시작했다.

성준은 여전사에게 뛰어들면서 검을 내질렀다. 성준은 수리라고 하는 여전사에게 검을 부딪치고 뭔가 잘못되었다는 것을 알았다. 검으로 여전사를 찔렀는데 여전사가 검을 그 큰 창으로 막은 것이다.

그런데 성준은 창으로 검이 막히자 몸이 튕겨 나갈 것을 대비했는데 검이 창을 타고 흐르기 시작했다. 성준은 여성의 몸쪽으로 움직이는 검을 뺄 수가 없었다.

성준은 식은땀을 흘렸다. 고수였다. 이쪽은 임기응변으로 해결해 왔는데 처음으로 제대로 된 고수와 부딪친 것이다.

검은 창을 타고 전사의 몸까지 흘러들어 갔다. 성준도 검을 따라 딸려 들어갔다.

성준은 급하게 검을 연기로 없애고 능력을 사용해서 창을 손으로 쳐냈다.

성준이 뒤로 튕겨 나가면서 여전사를 보니 여전사의 무릎이 위로 올라간 것이 그대로 딸려들어 갔으면 거기에 한 방맞을 뻔했다. 여전사의 얼굴에 조금 놀란 표정이 나타났다.

성준은 뒤로 튕기면서 상황을 생각했다. 이건 도망치는 것이 정답이었다. 성준은 도망치기 전에 여전사의 정보를 확인했다.

—특이 능력 보존 가디언.

—3등급.

—림족 전사, 종족을 지키기 위해 세워진 수호 전사.

—특이 능력: 영기 검사(사용 불가능), 영기 창포 레벨 1, 신속 레벨 1.

—약점: 주력 팔의 파괴로 전용 능력 사용 불가능. 자아 인식 상태로 고급 명령 수행 거부.

—마스터: XXX.

—냉정, 슬픔.

—대상 마스터의 능력에 의해 정보가 일부분 제한됩니다.

뭔가 대단히 이상했다. 몬스터인 것 같기도 하고 아닌 것 같기도 해 성준은 어리둥절했다. 성준은 정보에 아주 잠깐 정신이 팔렸다가 돌아왔다. 그리고 정신을 차린 성준의 눈앞에서 여전사가 창을 든 팔을 뒤로 뺐다가 앞으로 찔렀다.

성준을 향해 강한 기운이 몰려왔다. 성준은 이를 악물고 허공 도약으로 옆으로 피했다.

성준은 내려설 곳에 서 있는 늑대 몬스터를 검으로 베어버리고 바닥에 닿자마자 바로 능력을 사용해 발을 박찼다. 눈앞에 통로가 있었다.

여전사는 성준이 도망치자 움직이려던 몸을 멈추고 다시 보스 몬스터를 바라보았다. 보스 몬스터는 머리를 감쌌다.

"일일이 시키지 않으면 절대 안 움직인다는 거냐!"

보스 몬스터가 통로를 가리키며 말했다.

"쫓아가서 반.드.시. 죽여라."

여전사는 고개를 끄덕이고 검은 머리를 흩날리면서 통로로 뛰어들었다. 눈부신 속도였다.

성준은 영기가 채워질 때마다 능력을 사용해서 도마뱀 몬스터 사이를 뛰어다녔다. 여차하면 몬스터 머리를 밟고 지나갔다. 엄청난 속도였지만 성준은 식은땀만 날 뿐이다.

뒤에서 여전사가 점점 거리를 좁혀오고 있다. 몬스터들 사이를 부드럽게 지나가면서 앞으로 달려오는데 능력을 사용하는지 엄청난 속도였다.

성준은 도마뱀 몬스터들이 있는 곳을 지나자 발을 멈추었다. 어차피 얼마 못 가 따라잡히는 상황이다. 뒤에서 공격당하느니 맞상대하는 것이 나았다.

성준은 감각을 활성화해서 달려오는 여성을 바라보았다.

―매우 예쁨.

―신체 불균형. 억지로 반대쪽 사용.

―움직임에 조금씩 제어가 걸림.

―전투에 최적화된 신체 밸런스.

약점은 있는데 못 이긴다는 소리다. 특히나 아까 싸워본 바로는 접근전이 되는 순간 바로 죽음이었다. 기본적인 실력 차이가 심했다.

성준은 감각을 활성화해서 주위를 둘러보았다. 어쨌거나 잘하는 걸로 승부를 봐야 했다.

성준이 승부수를 찾기 위해 고심할 때 여성이 성준에 앞에 도달했다. 그리고 창을 성준에게 내질렀다. 창에서 나온 기운이 성준에게 쏘아졌다.

성준이 능력을 사용해서 옆으로 몸을 날리자 성준의 몸을 따라서 계속 창을 내질렀다.

펑! 펑! 펑! 펑!

성준의 옆쪽 벽이 성준이 지나가는 족족 터져 나갔다. 성준은 돌가루를 가득 뒤집어쓰면서 벽을 박차 천장으로 뛰었다.

영기가 다 되었는지 여성은 성준이 천장으로 도약하는 모습을 보면서 창을 뒤로 뺐다.

성준은 그 모습을 보면서 천장을 박차 여성의 품으로 뛰어들었다.

여전사는 성준이 뛰어내리는 타이밍에 맞추어 창을 내질렀다.

성준은 창이 눈앞으로 날아오는 순간 발로 허공을 박찼다. 대각선으로 박찬 성준은 가까스로 창을 피했다.

성준은 눈 옆으로 지나가는 창을 느끼면서 검으로 여성의 품을 찔렀다.

여성은 성준이 찌르는 속도에 맞추어 뒤로 쭉 물러섰다.

성준의 검은 아슬아슬하게 여성의 팔에 가벼운 검상만을 남기고 말았다.

성준이 계속 감각을 활성화하는 바람에 여성이 방금 기뻐한 사실을 알게 되었다. 성준은 어리둥절해하면서 계속 여성을 추격했다.

뒤로 물러서던 여성은 물러서던 몸을 급정지시켰다. 그러자 성준과 여성이 가까워졌고, 성준의 검은 성준과 함께 여전사를 향해 날아갔다. 여전사는 그 자리에서 검과 성준을 보면서 반걸음 옆으로 움직였다.

성준은 여전사의 몸 옆으로 날아가는 자신을 느꼈다. 감각의 활성화를 건 상태인 성준은 검을 옆으로 휘둘렀다. 여전사가 창으로 검을 막았다.

이번에도 검은 창에게 붙어버렸다. 실제로는 창이 검의 힘을 받아낸 것이지만 성준의 입장에서는 마술 같았다.

여성은 창을 한 바퀴 돌렸다. 검은 창을 따라 빙글 돌았고, 성준은 검과 함께 벽에 처박혔다.

온몸에 큰 충격을 받은 성준은 일어서기 위해 몸에 힘을 주었으나 몸은 말을 듣지 않았다. 여성은 성준의 모습을 보더니 창으로 경계한 상태에서 성준에게 다가왔다.

성준은 겨우 한쪽 무릎을 일으킬 수가 있었다. 성준이 한쪽 무릎을 꿇은 상태에서 고개를 들어보니 아름다운 검은 머리의 여성이 성준을 바라보면서 창을 들어 올리고 있다.

창이 올라가는 모습을 바라보던 성준은 딴생각을 했다.

'얼굴은 러시아나 북유럽 쪽 느낌도 나고 동양적인 신비로움도 느껴진단 말이야.'

최고점으로 올라가 다시 밑으로 내려오던 창이 손에서 떨어졌다.

여전사의 입에서 피가 흐르고 있다. 성준은 바로 검을 만들어 여전사의 가슴에 검을 찔러 넣었다.

여전사는 어리둥절한 표정이다가 팔에 난 검상이 녹색으로 부풀어 오른 것을 보고 이해한 표정으로 변했다. 여전사는 가슴에 꽂힌 검을 잡았다가 손으로 성준의 얼굴을 쓰다듬었다.

"고마워요."

여전사는 검은 연기로 변하기 시작했다.

성준이 처음 천장에서 여성을 향해 검을 내려 찌를 때 절단 강화를 한 것이 아니라 독날을 만들었던 것이다. 너무 얕게 베어서 걱정했는데 뒤늦게나마 먹힌 모양이다.

성준은 연기가 사라지고 바닥에 떨어진 구슬을 보았다. 구슬은 다른 구슬들과 다르게 빛이 나고 있었다. 성준은 구슬을 집으면서 정보를 확인했다.

─영기보석 가디언 버전 레벨 1.

─레벨 3 영기 성장치 소모 1레벨 가디언을 만듦.

─레벨 3 미만 사용 불가능.

─개인 가디언 생성.

─강렬한 의지로 영기보석에 본체의 정보가 따라옴.

─적용 방법: 먹기.

정보를 본 성준은 어이가 없었다. 그리고 주머니에 넣으려고 하자 구슬이 몸부림을 치더니 성준의 입속으로 날아들어 왔다.

성준은 급하게 자신의 팔목을 봤다.

─검투사 정보.

—영기 레벨 3.

—영기 성장치 90.

—영기 43.

—영기분석 레벨 2, 고속 저중력 이동 레벨 2, 허공 도약 레벨 1.

—영기화된 미합중국 군용 쇠뇌, 영기화된 발렌제국 제식 장검—각성.

—영기 능력치 250.

바로 본 내용은 변화가 없었다. 그런데 잠시 뒤 숫자가 떨어지기 시작했다.

그리고 결국 최종적으로 바뀐 내용은 성준의 입을 벌리게 만들었다.

—검투사 정보.

—영기 레벨 3.

—영기 성장치 0.

—영기 40.

—영기분석 레벨 2, 고속 저중력 이동 레벨 2, 허공 도약 레벨 1.

—가디언 레벨 1.

─영기화된 컴파운드 쇠뇌, 영기화된 발렌제국 제식 장
검─각성.
─영기 능력치 160.

거의 끝까지 채운 영기 성장치가 다 날아가 버리고 팔목에
칼을 든 검사의 상반신이 간단하게 그려진 마크가 추가되었
다. 가디언 마크인 모양이다.

그리고 성준의 머릿속에 쇠뇌와 장검과는 다르게 새로운
감각이 느껴졌다. 아마 이것이 가디언을 소환하는 방법인 모
양이다.

성준은 아까운 영기 성장치에 대한 것은 털어버리고 새로
생긴 가디언이라는 것에 대해 고민해 보았다.

아까 본 그녀가 소환되는 것인지, 아님 다른 것이 나오는
것인지, 그리고 무엇인가 소환시키면 자신의 말을 들을 것인
지, 말을 듣는다면 어떻게 해야 할지 하나같이 답이 안 나왔
다.

성준은 우선 일행이 있는 곳으로 가기로 했다. 다들 무사한
지 확인하고 생각을 정리할 필요가 있었다.

성준은 아픈 몸을 이끌고 일행이 있는 초기 지역으로 몸을
옮겼다. 아까 벽에 부딪치면서 여러 곳에 문제가 생긴 모양이
다.

'치료할 수 있는 사람이 있어서 다행이네.'

성준은 아무 방해도 받지 않고 초기 지역으로 돌아올 수 있었다. 그곳에서는 일행 모두가 모여 성준을 반겨주었다. 다들 걱정한 모양이다.

"거봐. 무사할 것이라고 했잖아."

호영은 사람들에게 투덜거렸다. 셋만 먼저 돌아와서 혼이 난 모양이다.

정 교관과 재식도 치료를 받아 멀쩡한 모습이다. 하은은 부상을 입은 성준을 보자 얼른 다가와 치료해 주었다.

"제발 다치지 좀 말아요."

치료를 받은 성준은 주위를 둘러보고 우선 사과부터 했다.

"너무 쉽게 보스존에 들어와서 일행의 위험을 빠지게 한 점을 조합장으로서 사과드리겠습니다."

다들 괜찮다고 손을 흔드는데 성준은 계속 말을 이었다.

"앞으로는 더욱 주의를 기울이겠습니다. 여러분도 의견이 있다면 바로바로 이야기해 주시기 바랍니다."

"네~"

다행히 분위기는 나쁘지 않았다. 다친 사람이 모두 치료가 되니 형성된 분위기였다. 그나마 다행이었다.

성준은 아무래도 일행이 있는 곳에서 가디언에 대해 말해야 할 것 같았다. 어차피 알게 될 일이고 예상치 못한 경우를 대비하기 위해서이다.

성준은 일행을 모아서 이야기하기 시작했다. 사람들은 성준의 이야기를 주의 깊게 들었다.

호영 등을 마지막으로 보내고 나서 발생한 여전사와의 전투, 그리고 성준의 후퇴, 마지막으로 성준이 여전사를 격퇴한 내용이었다.

사람들은 숨도 쉬지 않고 이야기를 듣다가 성준이 여전사를 이겼다는 내용에 안도의 한숨을 쉬었다. 보스 몬스터와의 전투에 승산이 많이 올라간 것이다.

그리고 마지막으로 구슬에 대해서 이야기하자 모두 경악했다.

"설마 능력 구슬 아니에요?"

하은의 이야기에 모두 고개를 끄덕였다.

"아무래도 그건 아니야. 능력이 아니라 검과 쇠뇌 같은 감각이야."

성준은 영기분석에 대해 이야기할 수 없어서 자신의 느낌을 이야기했다.

"혹시 여전사가 들고 있던 창이 나오는 것 아니에요?"

성준이 구슬의 내용을 설명할 수가 없자 다들 이런저런 이야기를 했다.

"아무튼 그래서 모두가 있는 곳에서 소환해 보려고 합니다. 만약을 대비해서 전투를 준비해 주시기 바랍니다."

일행은 모두 긴장한 표정으로 무기를 잡고 움직였다. 그리고 잠시 뒤 성준을 바라보고 진영을 구축한 사람들의 모습이 보였다.

성준은 자신을 향한 무기들에 기분이 묘했다. 성준은 이상한 기분을 털어버리고 손을 앞으로 내밀어 지금 느껴지는 감각을 손으로 구현했다.

성준이 손을 내민 곳에서 조금 떨어진 곳에 검은 연기가 뭉쳐지기 시작했다. 성준과 조합 일행은 긴장감에 무기를 꼭 쥐었다.

그리고 검은 연기는 사람의 형태로 공중에서 회전하며 움직이더니 이윽고 성준과 조합 일행의 사이로 조금 전에 적으로 만난 아름다운 여성이 눈을 감고 나타났다.

호영과 재식, 정 교관은 입을 딱 벌렸다. 아까 멀리 있어서 몰랐는데 미모가 장난이 아니었다. 같이 있던 여성들은 왠지 기분이 나빠졌다.

일행의 앞에 검은색의 긴 생머리에 서양과 동양이 섞인 듯한 얼굴 생김새, 170㎝ 정도 키의 여성이 단단해 보이는 가죽 갑옷을 입고 서 있다.

그녀는 몸매도 상당히 균형이 잡혀 보기가 좋았는데 한쪽 팔이 팔꿈치에서 잘려 나간 까닭에 균형이 무너져 보였다. 여성들은 잘려 나간 그녀의 팔을 보고 안쓰러운 표정이 되었다.

일행이 주의 깊게 여전사를 지켜보고 있을 때 그녀가 감고 있던 눈을 떴다.

그리고 여전사는 주위를 둘러보더니 성준의 얼굴을 보고 눈을 멈추었다. 그리고 바닥에 한쪽 무릎을 꿇고 한 손을 바닥에 댄 채로 성준을 바라보며 성준이 꿈에서 들었던 언어로 말했다.

"인사드립니다, 주인님."

성준은 생각이 멈추었고, 조합 일행은 대혼란을 일으켰다.

"말도 안 돼!"

여성들의 목소리였고,

"부러워!"

남성들의 목소리다. 호영은 바로 미영에게 옆구리를 한 대 맞았다.

보람과 하은은 이마를 잔뜩 찌푸린 채로 무릎을 꿇고 있는 여전사를 보더니 서로 마주 보았다. 지금부터 둘의 신사협정은 파기될 모양이다.

그래도 제일 빨리 정신을 수습한 성준은 여전사의 정보를 확인했다.

　―가디언 정보.

　―영기 레벨 1.

　―영기 성장치 0.

　―영기 100.

　―영기화된 수리 전용 장검, 영기화된 림족 전사 전용 창.

　―영기 능력치 100.

　―마스터: 최성준.

　역시 구슬에 적힌 대로 아무 능력이 없는 상태였다. 성준은 일행의 난리를 무시하고 우선 앞의 여성을 일으켜 새웠다.

　"우선 일어나요."

　"네."

　그녀는 바로 대답하고 일어섰다.

　"목소리도 예뻐."

　"와, 불공평해."

　그녀가 말하자 모두 조용해진 일행 사이에서 다희와 혜라가 구시렁댔다.

　성준은 이리저리 고민하다가 그냥 물어보기로 했다.

"자기소개 좀 부탁합니다."

"네, 저는 림족 수호전사 수리라고 합니다."

사무적으로 대답하는 모습에 성준은 조금 답답했다. 성준이 다시 질문했다.

"저… 좀 더 자세히 말할 수 있을까요?"

사무적인 표정이던 여전사의 눈이 반짝 빛났다.

"제가 좀 더 자유의지로 행동해도 되겠습니까?"

성준은 그녀에게 감각의 활성화를 걸었다. 나쁜 의도는 없는 것 같았다.

"내게 피해가 없다면 괜찮죠."

그녀는 성준의 말에 미소를 지었다.

"감사합니다."

그리고 그녀는 성준의 말에 자세히 이야기했다.

"아로다라는 별의 중앙대륙에 림족이라는 종족이 있었습니다. 저는 그 종족을 수호하기 위해 선택받은 수호전사입니다."

그녀의 표정이 조금 슬퍼졌다.

"괴물들의 공격에 일족은 멸망했고, 저는 마지막으로 강한 괴물에게 죽임을 당했습니다. 그런데 얼마 뒤 정신을 차리니 지금 같은 몸이 되었습니다. 그리고 그 뒤에는 계속 그 괴물들의 명령을 받으며 생활했죠."

그녀의 계속 말을 이었다.

"저는 마지막 일념으로 괴물의 명령에 반항을 계속해서 불량품으로 다시 이 던전으로 보내졌습니다."

그녀 수리는 성준을 바라보았다. 그녀의 눈이 반짝였다.

"저는 누군가가 저를 찾아주기를 계속 소망했습니다. 그리고 주인님이 저를 찾아주셨어요."

성준은 꿈을 꾼 이유를 대충 납득했다. 수리의 소망이 자신의 감각 활성화와 영기분석에 영향을 준 모양이다. 성준은 그렇게 생각하기로 했다.

성준이 생각을 마치고 보니 주위가 너무나 조용했다. 성준은 주위를 둘러보았다.

모든가 수리의 말에 심취해 있던 모양이다. 다들 넋을 놓고 수리를 바라보고 있다.

성준은 고개를 흔들고 수리에게 계속 물어보았다.

"그럼 지금 자신의 상태를 알고 있겠죠? 팔목에 있는 숫자를 포함해서요."

"네. 괴물에게 받은 육체가 파괴되고 괴물과의 연결이 끊어진 상태에서 주인님에게 소속되었습니다. 그 상태에서 육체가 새롭게 복제돼서 초기화되었습니다. 지금 레벨 1, 성장치 0, 영기 100입니다."

"어, 그럼 되게 약해진 거잖아?"

이야기를 듣던 미리가 생각 없이 말을 꺼냈다가 손으로 입을 막았다.

"아, 미안해요. 실수한 거예요."

성준이 대신 사과했다.

"괜찮습니다. 지금 몸 상태로는 그 말이 사실입니다."

고개를 흔들던 수리는 자신의 잘린 팔을 보다가 주위를 둘러보았다.

"혹시 치료 능력자 있으신가요?"

"제가 치료 능력은 있는데 잘려 소실된 팔은 붙일 수가 없어요."

수리의 말에 하은은 울상이 돼서 이야기했다. 수리는 성준을 돌아보고 말했다.

"주인님, 조금이나마 강해질 방법이 있는데 허락해 주셨으면 해요."

수리는 잘린 어깨를 다른 쪽 팔로 잡고 성준을 바라보며 부탁했다. 이제 수리를 신뢰하게 된 성준은 별다른 생각 없이 허락했다.

수리는 멀쩡한 팔로 창을 소환했다. 모두 갑작스러운 무기 소환에 움찔했다.

수리는 조용히 잘린 팔을 바라보았다. 그리고 창날을 잘린 팔꿈치 위에 대고 그대로 그었다.

츄아악!

팔은 잘린 부분 위쪽이 다시 잘려 나가 피가 뿜어져 나오기 시작했다. 일행 모두가 깜짝 놀랐다.

"꺅!"

특히 여성들은 비명을 질렀다. 성준도 어쩔 줄 몰라 했다.

수리는 침착하게 잘린 팔을 지혈하더니 하은에게 치료를 부탁했다.

"안 된다고 했는데……."

하은은 울먹이면서 다가왔다.

수리는 슬픈 모습으로 잘린 팔에서 떨어지는 피를 보면서 말했다.

"저는 인간이 아니에요. 영기치료는 제 몸을 회복시킬 수 있을 겁니다."

팔에서 떨어지는 피는 바닥에 닿기 전 검은 연기로 변해 사라져 갔다.

하은은 수리의 잘린 팔에 손을 대고 치료를 시작했다.

하은의 손이 환하게 빛이 나며 수리의 잘린 팔이 점점 자라나기 시작했다.

그리고 하은이 마지막까지 힘을 쓰고 나자 수리의 팔과 손은 온전한 모습을 드러냈다.

"괴물들은 잘린 팔은 신경도 안 쓰더군요. 덕분에 불량품이 될 수 있었습니다."

수리는 그렇게 이야기하면서 손을 움직여 보았다. 손은 아무 이상이 없던 것처럼 움직였다.

수리는 잠시 감상에 젖더니 고개를 들었다. 그리고 되찾은 손에 자신의 장검을 꺼냈다.

손에서 검은 연기가 나오더니 은색으로 빛나는 상당히 긴 장검이 수리의 앞에 나타났다. 수리는 검을 손에 쥐었다.

수리는 성준을 바라보면서 검을 가슴에 댔다.

"림족 제일의 검사 예브나 수리, 준비되었습니다."

팔이 다시 생기고 검을 뽑아 든 수리의 카리스마에 다른 성인 여성들은 기가 눌려 버렸다. 그리고 여고생 3인방은 그녀의 모습에 반해 버린 모양이다. 눈이 수리를 따라다니면서 반짝거리고 있었다.

호영과 재식은 예쁜 여자가 나타났으니 아무럼 어떠냐는 분위기고, 정 교관은 멋진 여성의 모습에 속으로만 감탄 중이었다.

성준은 분위기를 정리할 필요를 느꼈다.

"모두 주목. 다들 정신들 차리세요. 이 앞에 보스 몬스터가 있습니다."

성준의 말에 다들 정신이 번쩍 들었다. 이렇게 흥분해 있을 상황이 아니었다.

"우선 장비를 정비하고 작전을 다시 짜야 할 것 같습니다. 그리고 수리 양은 제가 파악하기로는 저에게 완전히 소속된 상황입니다. 신뢰해도 좋을 것 같습니다."

영기분석과 감각을 활성화해서 다시 한 번 수리를 확인한 성준은 일행에게 수리에 대하여 이야기했다.

수리는 조용히 머리를 숙여 성준에게 감사를 표했고, 성준은 괜찮다며 손을 흔들었다.

성준은 너무나 급박한 전투 때문에 보스의 정보를 확인하지 못한 것이 안타까웠다. 그래서 성준은 수리에게 보스존에 대해 물었다.

"혹시 보스 몬스터나 앞의 석실에서 나오는 몬스터에 대한 약점 같은 것을 알고 있나요?"

수리는 잠시 생각에 잠겼다. 그리고 잠시 뒤 수리는 고개를 좌우를 흔들었다.

"이곳에 온 후로는 이번이 최초 전투였습니다. 제가 알고 있는 것은 제 능력이 보스의 능력을 기반으로 만들어졌다는 것과 몬스터 소환진의 발동 정도였습니다. 괴물과의 연결이 끊어진 지금은 소환진 발동 능력도 사용할 수도 없고요."

성준은 정보를 구하지 못해 아쉬웠다. 하지만 할 수 없었다. 우선 보스존에 가서 성준이 영기분석으로 파악을 해봐야 할 것 같았다.

"그럼 현재까지 알고 있는 것으로 작전회의를 해보죠."

일행은 회의를 시작했다. 여러 가지 이야기가 나왔지만 결론은 정석대로 움직이는 것으로 정했다.

수리는 일행과 성준의 능력을 듣고 힘은 들겠지만 보스 몬스터를 쓰러뜨릴 수 있을 것 같다고 이야기했다.

일행은 회의를 마치고 일어났다. 성준은 사람들을 둘러보았다. 모두 의욕이 충만한 모습이다. 성준이 모두에게 말했다.

"갑시다. 이 던전이 우리의 시작 지점이었습니다. 이제 마무리합시다."

일행은 통로에 발을 들여놓았다.

일행의 앞을 성준이 앞장서서 걸어갔다. 정찰 때문이다. 그리고 그의 옆에는 수리가 같이 움직이고 있었다.

"수리 씨, 몬스터나 몬스터홀의 목적에 대해 알고 있는 것이 있으면 보스 몬스터 공략이 끝나면 알려주세요."

수리는 머리를 좌우를 흔들었다.

"반말을 해주세요. 어떻게 말씀하시고 있는지는 모르겠지만 제가 듣기로는 저를 상당히 높여서 말씀하시고 있는 것 같습니다. 주인이 가디언에게 말을 높이는 법은 없습니다."

"네? 그래도 처음 만났는데 반말이라니요. 나중에 친해지면 서로 놓기로 하죠."

성준의 옆을 걸어가던 수리의 표정이 어두워졌다.

"저를 인간으로 인식하시는 것은 그만두는 편이 좋을 것 같습니다. 제가 아무리 옛날의 의지로 살아간다고 해도 현재의 저는 가디언입니다. 모든 가디언은 복종이 가장 우선순위입니다."

"네? 제가 어떤 명령을 내려도 다 한다는 겁니까?"

"네. 주인님께서 자유 의지를 허락하셔서 좋고 싫은 것은 표현이 가능할 것 같지만 명령 자체는 절대 복종하게 되어 있습니다. 그것이 가디언입니다."

수리의 말에 성준의 표정이 굳어졌다. 성준은 수리에게 명령을 내렸다.

"제가 첫 번째 명령을 하죠. 자신이 하기 싫은 명령에는 분명하게 싫다고 표현할 것. 이것이 첫 번째 명령입니다."

성준의 말에 수리는 미소를 지었다.

"네, 주인님"

일행은 앞쪽에 통로의 끝이 보이는 지점에 도착했다. 그들의 앞에는 다희가 바닥에 만들어놓은 웅덩이가 보였다. 하지만 몬스터들의 모습은 보이지 않았다. 몬스터들은 모두 다시 돌려보낸 모양이었다.

웅덩이가 많아 몬스터들이 다시 나타나도 크게 위험이 되지는 않을 것 같았다. 성준은 일행을 여기에 대기시키고 수리와 같이 전방을 정찰하기 위해 움직였다.

수리는 능력이 초기로 돌아와서 그런지 속도는 많이 떨어졌다. 하지만 조용히 움직이는 것은 성준이 따라갈 수 있는 레벨이 아니었다.

성준과 수리는 통로가 끝나는 점에 도착했다. 이 앞부터는 석실이다. 성준은 전방의 의자에 앉아 있는 보스의 정보를 확인했다.

—*XXX 아바타.*

—*3등급.*

—*XXX의 던전 관리용 아바타 A형.*

—*권기 폭발 레벨 2, 시간 가속 레벨 2.*

—*약점: 시간 가속에서 돌아온 후 적응이 쉽지 않음.*

—*본체: XXX.*

—*의문.*

—*대상의 본체의 능력에 의해 정보가 일부분 제한됩니다.*

"눈치챘을까요?"

"네. 아마 제가 명령을 이행하지 않는 것에 대해 의아해하고 있을 거예요."

"그럼 계속 의아해하라고 하고 물러서지요."

성준은 수리와 통로 안쪽으로 다시 돌아갔다. 보스 몬스터의 얼굴이 호기심에 가득 찼다.

보스 몬스터는 전부터 말을 안 듣던 장난감이 아예 연결을 끊고 적과 함께 움직이는 것에 어이가 없었다. 장난감의 능력이 만들어낸 효과인지 아님 새로 들어온 인간이 가진 능력이 일으킨 일인지도 알 수 없었다.

어느 쪽이든 상관없었다. 유용한 능력을 영기로 재탄생시키는 것이 일족의 목표 중 하나임으로 이번 일은 상당히 유용한 정보가 될 것 같았다.

보스 몬스터는 들어온 인간들을 빨리 정리하고 확인해 보고 싶었다.

*　　　*　　　*

성준과 수리는 일행에게 돌아왔다. 그리고 성준은 일행에게 보스 몬스터의 능력을 대충 각색해서 들려주었다. 수리는 그런 성준을 바라보았다.

"수리의 능력이 보스 몬스터의 능력을 기반으로 했다고 했으니까 보스 몬스터는 강한 충격파 공격과 움직임이 빨라지는 능력이 있을 겁니다."

"그럼 빠른 움직임은 마비 화살로 막는다고 치고, 충격파 공격이 문제네요.

성준의 말에 정 교관이 말을 받았다.

"재식 씨가 막으면 안 돼요?"

혜라의 말에 재식이 머리를 흔들었다.

"수리 씨가 쏜 걸 막으려고 해보았는데 전혀 감당이 안 되었어. 보스 몬스터도 안 될 거야."

다들 고민하자 다희가 손을 들었다.

"제 폭발 화살을 그 기운에 쏘면 어떻게 될까요?"

다들 서로 바라보았다. 괜찮은 의견 같았다. 잠시 동안 좀더 내용을 가다듬었다. 그리고 성준은 모두에게 이야기했다.

"그럼 보스존에 진입하겠습니다."

모두 고개를 끄덕이고 움직이기 시작했다.

보스존에 들어섰다. 보스 몬스터는 수리를 보고 고개를 갸웃거렸다. 이해할 수가 없는 모양이다.

성준은 이 기회를 이용하기로 했다.

"모두 전진."

일행은 보스 몬스터를 향하여 나아갔다. 맨 앞에 성준과 수리가 있다.

일행이 상당히 앞에까지 온 것을 본 보스 몬스터는 고개를 흔들더니 손을 앞으로 내밀었다. 생각은 나중에 하고 모두 제거하기로 했다.

보스가 손을 아래로 내리자 사방에서 문양이 나타났다. 그리고 문양에서 몬스터가 쏟아졌다.

재식이 수리에게 소리쳤다.

"수리 씨, 우선 진형 안쪽으로 들어가시는 것이 어떻겠습니까? 제가 먼저 몬스터들을 방어하겠습니다!"

수리는 그사이에 자신의 앞쪽까지 온 늑대 몬스터에게 마주 달려갔다. 그리고 늑대 몬스터의 앞발을 피하면서 몬스터의 아래로 숨어들어 배를 가르면서 뒤로 빠져나왔다.

검은 연기가 되는 몬스터를 뒤로하고 재식에게 덤벼드는 늑대 몬스터의 뒷목을 검으로 푹 찔렀다.

그리고 수리는 재식에게 다시 물어보았다.

"무슨 말씀이었죠? 제가 못 들었습니다."

"아뇨. 혼잣말이었습니다."

재식은 눈앞에서 검은 연기로 사라지는 몬스터를 보면서 입을 닫았다.

사방에서 일행에게 공격하는 몬스터는 일행의 반격으로

차근차근 숫자가 줄어들었다.

그만큼의 숫자가 다시 문양에서 추가되지만 그동안 일행은 보스 몬스터와의 거리를 점차 줄일 수 있었다.

보스 몬스터는 다가온 일행을 보고 자리에서 일어났다. 아무래도 본인이 직접 나서야 할 것 같았다.

보스 몬스터는 의자에서 내려와 일행을 향해 다가갔다. 그리고 일행이 어느 정도 가까이 오자 팔을 들어 주먹을 쥐었다.

보스 몬스터는 주먹에 힘을 주었다. 주먹에서 빛이 나기 시작했다. 보스 몬스터는 주먹을 뒤로 뺐다가 앞으로 내질렀다.

펑!

공기를 찢는 소리가 들리더니 일행을 향해 강한 충격파가 날아갔다. 준비하고 있던 다희가 쇠뇌를 기운이 날아오는 방향으로 향하더니 바로 빛나는 화살을 날렸다.

쾅!

엄청난 소리가 들리더니 폭발 화살이 충격파에 부딪쳐 터져 나갔다. 충격파는 방향이 바뀌어 옆의 몬스터들을 덮쳤다.

쾅!

쾌에엑!

보스 몬스터는 일순간 움찔했다. 이런 식으로 자신의 능력을 막은 인간은 없었다.

크와왕!

보스 몬스터는 고함을 지르고 몸을 웅크렸다. 시간을 가속해서 적을 끝장을 낼 생각이다. 보스 몬스터가 능력을 사용하려는 순간 화살이 보스 몬스터에게 박혔다.

보스 몬스터는 몸이 움찔하며 마비가 오자 급하게 화살을 뽑아냈다. 보스 몬스터는 계속되는 방해에 짜증이 나기 시작했다.

그때였다. 보스의 머리 위에서 성준이 떨어져 내렸다. 허공 도약으로 시간에 맞추어 공격하는 것이다.

보스 몬스터는 이를 악물고 위에서 떨어져 내리는 성준의 검에 한쪽 팔을 가져다 댔다. 검이 팔을 반쯤 가르면서 지나갔다. 보스 몬스터의 팔에서 피가 솟구쳤다.

쾅!

보스 몬스터는 팔을 가르고 지나가는 성준을 다른 팔로 후려쳤다. 성준은 급하게 검으로 막았지만 검과 주먹이 만난 곳에서 큰 폭발이 일어나 성준을 날려 버렸다.

'보스의 능력이 먼 곳에서만 발동되는 것이 아닌가 보군.'

성준은 날려가면서 생각했다. 다행히 성준은 일행 쪽으로 날려가 하은의 치료를 받을 수 있게 되었다.

보스 몬스터는 다른 팔로 반쯤 갈라진 팔을 잡았다. 잠시 그러고 있으니 피가 멈추었다.

보스는 으르렁거리면서 자신의 의자가 있는 곳으로 후퇴했다.

성준은 감각을 활성화했다. 보스 몬스터의 움직임과 지금의 상황이 저번 보스 몬스터의 변신 때와 유사했다. 이 보스 몬스터도 변신할 모양이었다.

성준은 바로 수리에게 주위의 몬스터 처리를 맡기고 능력을 사용해서 뒤를 쫓아갔다. 보스 몬스터의 변신을 막거나 그 전에 많은 타격을 줄 생각이다.

보스 몬스터는 몸을 푹 숙이고 몸에 힘을 모았다. 그때 성준은 보스 몬스터 앞에 도착해서 보스 몬스터를 강화된 검으로 내려쳤다. 하지만 검은 그대로 멀리 튕겨져 나갔다.

성준은 튕겨져 나간 검을 재소환하고 보스 몬스터를 보았다. 보스 몬스터는 온몸의 근육이 돌처럼 변해 있었다. 그사이에 변신한 모양이다.

너무 늦었다.

성준은 보스의 정보를 확인했다.

―XXX 아바타.

―3 등급.

―XXX의 던전 관리용 아바타 B형.

―권기 폭발 레벨 2, 시간 가속 레벨 2.

―약점: 근육의 강화로 시간 가속 시 움직임 제어가 쉽지 않음.

―본체: XXX.

―고민.

―대상의 본체의 능력에 의해 정보가 일부분 제한됩니다.

그리고 문양에서 2레벨 몬스터들이 나오기 시작했다.

난이도가 더욱 올라갔다.

보스 몬스터는 웅크리고 있던 몸을 쭉 폈다. 그리고 온몸의 관절을 움직여 보았다. 몸을 풀고 있는 보스 몬스터에게 여고생들이 마비 화살을 쏘았지만 화살은 피부를 뚫지 못하고 모두 튕겨졌다.

성준은 보스 몬스터와 조금 떨어진 곳에서 측면으로 이동하며 보스 몬스터를 공격할 방법을 찾고 있었다. 보스 몬스터의 주변으로는 일반 몬스터들이 접근하지 않았다.

보스 몬스터는 성준을 한 번 바라보더니 귀환자 일행, 아니, 수리 쪽을 바라보았다.

그리고 손을 움켜쥐어 주먹을 만들고 그 주먹을 몸 뒤로 당겼다. 주먹에서 엄청난 힘이 느껴졌다.

"망가진 가디언아, 주인을 배반한 너는 소멸될 것이다."

보스 몬스터의 목소리가 석실 전체를 울렸다. 그리고 보스 몬스터는 그 팔을 수리가 있는 방향으로 내질렀다.

캉!

앞으로 내지른 팔은 성준의 방해로 방향이 바뀌었다. 성준은 보스 몬스터가 뒤로 팔을 빼는 순간 고속이동 능력을 사용해 보스를 향해 달려들었다. 그리고 팔이 앞으로 나오는 순간 절단강화를 건 검을 팔에 충돌시켰다.

검은 팔을 자르지는 못했지만 방향을 바꾸기에는 충분했다.

주먹에서 쏘아진 기운은 일행을 포위하던 몬스터들의 한 축을 붕괴시켰다. 일행은 자신들 앞에 있던 몬스터들이 쓸려 나가는 것을 보고 식은땀을 흘렸다.

성준은 팔을 공격하고 그 여파로 팔의 반대로 튕겨져 나가고 있었다.

'성장치가 초기화되니 공격에 힘이 덜 실리는군.'

튕겨져 나가던 성준은 석실 바닥에 발을 디디고 그대로 뒤로 밀려나면서 생각했다.

보스 몬스터는 성질이 났다. 보스 몬스터가 성준을 돌아보고 으르렁거렸다.

밀려나다 멈춘 성준은 정신을 바짝 차렸다. 그리고 성준의 눈앞에서 보스 몬스터가 사라졌다.

성준은 급하게 감각을 활성화했다.

'눈앞에 보스 몬스터의 잔상!'

성준은 급하게 검을 들어 능력을 주입해 앞을 막았다. 보스 몬스터는 시간 가속을 사용해서 성준과 충돌했다. 검을 무시한 보스의 공격에 성준은 검과 함께 뒤로 날려지며 피를 토했다.

성준은 능력을 사용해 뒤를 돌아보았다. 날려가는 방향에 몬스터들이 있다. 성준은 몬스터를 피하려고 했으나 몸이 말을 듣지 않았다. 충격이 너무나 큰 모양이었다.

성준은 몬스터와 충돌하는 순간 몸의 힘을 뺐다. 몬스터를 쿠션으로 이용할 생각이다.

쾅!

성준과 몬스터가 충돌했다. 몬스터와 성준은 한 덩어리가 돼서 일행이 있는 곳으로 떨어졌다.

움직이기 힘든 성준은 누워서 소리쳤다.

"하은아, 치료!"

누워 있는 성준에게 하은이 뛰어왔다. 그리고 성준과 같이 구른 몬스터는 성준이 날려올 때부터 대기하고 있던 수리에 의해 목이 잘렸다.

하은은 성준의 몸에 손을 올리고 치료했다.

몬스터의 목을 자르고 수리가 앞을 바라보니 보스 몬스터가 일행을 바라보면서 천천히 걸어왔다. 보스 몬스터의 눈은 수리에게 고정되어 있었다.

수리는 고개를 돌려 걱정스럽게 성준을 바라보았다. 성준이 치료를 마치고 몸을 일으키자 수리는 다시 일행을 향해 공격해 오는 몬스터들을 상대했다. 수리의 검에 방어력이 약한 몬스터들은 일 합도 견디지 못하고 연기가 돼서 사라졌다.

치료를 마친 성준은 주위를 둘러보았다. 거의 중심부까지 들어와서 퇴각하기도 쉽지 않은 상황이다. 다행히 일행의 능력이 높아지고 수리가 참여해서 방어에는 문제가 없어 보였다.

하지만 보스 몬스터의 변신 방법이 예상과 다르게 방어력을 올리는 방식이 될 줄은 몰랐다. 성준은 이를 악물었다. 보스 몬스터의 방어력을 뚫을 방법을 찾아야 했다.

성준은 감각을 활성화해서 보스 몬스터를 노려보았다. 보스 몬스터의 온몸을 사진처럼 담아서 분석해 보았다. 결국 성준은 보스 몬스터의 팔에 실금이 그어져 있고 그곳에서 피가 배어 나오는 모습을 발견했다.

분명히 보스 몬스터가 가속해서 성준과 부딪치기 전에는 없던 상처이다. 그렇다면 성준의 검을 무시하고 성준과 충돌하였을 때 생긴 상처일 것이다.

"시간 가속 시에는 방어가 약해지는 것인가?"

성준은 한 번 실험을 해볼 필요가 있을 것 같았다.

성준은 정 교관에게 작전을 이야기했다. 그리고 다시 보스 몬스터를 향하여 뛰어나갔다.

수리를 향해 천천히 걸어오던 보스 몬스터는 다시 달려드는 성준을 인상을 쓰면서 바라보았다.

보스 몬스터는 팔을 들어 권기를 쏘아 보낼까 생각하다가 성준의 빠른 속도에 다시 시간 가속을 쓰기로 했다.

보스 몬스터는 몸의 영기를 전신에 퍼뜨리고 능력을 활성화했다. 바깥의 시간과 보스 자신의 시간이 달라지기 시작했다.

눈앞으로 달려드는 성준의 모습이 점차로 느려지는 것이 보였다. 보스 몬스터는 앞으로 뛰어가면서 팔을 들어 성준의 얼굴을 향해 주먹을 내질렀다.

그러나 주먹은 허공을 갈랐다. 달려들던 성준이 보스 몬스터의 움직임이 흐려지기 시작하자 바로 허공 도약을 사용해 옆으로 뛰었던 것이다.

그리고 성준이 옆으로 뛰는 순간 성준이 있던 지역에 각종 화살과 창이 쏟아졌다.

성준은 정 교관에게 보스 몬스터의 모습이 흐려지는 순간 자신을 향해 모든 장거리 무기로 공격해 달라고 부탁했다.

일행은 호영과 재식, 그리고 수리가 잠시 방어를 하고 나머지 모든 사람이 성준을 향해 활과 창을 쏘아 보냈다.

보스 몬스터는 갑자기 쏟아지는 공격에 정신이 없었다. 먼저 날아오는 몇 개의 화살은 쳐내고 피했지만 지역 전체를 공격하는 것을 다 막을 수는 없었다.

쾅!

결국 폭발 화살에 맞아 몸이 뒤로 밀려난 보스 몬스터는 그 뒤에 바로 마비 화살에 맞아 몸이 덜컥 멈추었다.

좋은 기회였다. 옆쪽으로 튕겨져 나가던 성준은 바로 허공 도약을 사용해서 방향을 바꿔 보스 몬스터에게 달려들었다.

성준은 검을 들어 검에 절단강화를 걸고 보스 몬스터를 향해 내리쩍었다. 검에 절단강화와 독날 생성이 동시에 걸렸으면 좀 더 좋은 상황이었을 텐데 정말 아쉬웠다.

캉!

성준의 검은 보스 몬스터의 가슴을 강타했다. 하지만 검은 튕겨 나왔다.

성준은 검과 함께 뒤로 튕겨져 나오면서 혀를 찼다. 가속하는 동안만 보스 몬스터의 방어가 약해지는 모양이다.

일행은 바로 다른 몬스터를 상대했고, 성준은 능력을 사용해서 검을 바닥에 꽂아 밀려나는 것을 멈추었다.

보스 몬스터는 폭발 화살에 의해 밀려난 자신의 몸을 내려다보았다.

마비 화살이 옆구리에 꽂혀 있고 폭발 화살에 의해 어깨가 까맣게 변해 있다. 보스 몬스터는 화살을 뽑았다.

보스 몬스터는 뽑은 화살을 부러뜨리고 몬스터들과 싸우는 일행을 바라보았다. 그리고 다시 주먹을 쥐었다. 주먹에 기운이 모이기 시작했다.

성준은 그 보스의 모습을 전부 감각을 활성화시킨 상태에서 보았다. 보스는 방어력이 강해졌지만 피부 아래는 그대로인 모양이다. 화살을 뽑아낸 자리가 아직도 벌어져 있고 피도 비치고 있다. 어떻게 하던지 피부 아래를 공격해야 할 것 같았다.

보스 몬스터가 다시 손에 기운을 모으고 뒤로 잡아 빼자 성준은 보스에게 달려들었다.

하지만 보스 몬스터는 뒤를 뺀 팔로 일행을 공격하지 않고 성준을 향해 내질렀다.

"제길!"

성준은 능력을 사용해서 땅을 박찼다. 성준은 하늘로 솟구치고 기운은 성준의 아래를 지나 몬스터들을 덮쳤다.

성준은 공중으로 떠오르면서 보스 몬스터의 모습을 찾아

보았다.

보스 몬스터는 그 자리에 없었다.

그리고 성준의 몸에 그림자가 드리워졌다. 성준이 고개를 들자 그곳에는 염소 머리가 미소를 지으면서 주먹을 내지르고 있었다.

성준은 마지막 남은 영기를 쥐어짜서 허공 도약을 사용해 몬스터 반대편으로 튕겨져 나갔다.

성준은 다시 보스 몬스터의 위치를 확인했다. 다행히 시간 가속이 중력 가속도까지 바꾸지는 않는 모양이었다. 보스 몬스터는 아래로 떨어지고 있었다.

성준은 조금 안심을 했다. 그때였다. 보스 몬스터가 성준을 보고 팔을 뒤로 당겼다. 낙하하는 보스 몬스터의 주먹에는 기운이 모여들고 있었다. 시간 가속을 쓰지 않는 상황인 모양이다.

'제길, 영기가 무한대냐! 양쪽 능력을 번갈아 써대면 사기잖아!'

성준은 속으로 욕을 해가면서 방법을 찾았다. 영기회복석은 비장의 무기이다. 공중에서 대각선으로 떨어져 내리면서 성준은 다른 방법이 없는지 미친 듯이 찾았다. 성준의 머리가 고속으로 사고하기 시작했다.

'영기는 아직 허공 도약을 하기에 모자라. 저 기운이 날아

올 때까지 모아도 1미터 정도밖에 못 움직여. 다리로는 그렇게 섬세하게 제어할 수가 없어!'

성준은 생각을 이어가면서 좀 이상한 느낌이 들었다.

'왜 다리로만, 그것도 최대 영기로 허공 도약을 했지?'

성준의 생각이 다 끝나기 전에 보스가 팔을 앞으로 내질렀다. 거대한 기운이 성준을 덮쳤다.

성준은 손을 내밀어서 옆으로 툭 쳤다. 약간 남은 영기를 사용해서 손으로 허공 도약을 한 것이다.

성준은 옆으로 쓱 이동했고, 거대한 기운이 성준의 머리카락을 스치고 지나갔다.

성준이 기쁨의 소리를 지르기도 전에 밑으로 떨어지던 성준은 아래쪽의 몬스터와 충돌했다.

"으윽!"

다행히 몬스터가 쿠션이 되어주는 바람에 성준은 몸을 일으킬 수가 있었다.

성준은 성준에게 깔린 늑대 몬스터의 목에 검을 꽂으면서 보스 몬스터를 바라보았다. 보스 몬스터도 이제 다른 일행은 신경도 안 쓰이는지 성준을 바라보고 있었다. 보스 몬스터의 얼굴에 흥분이 떠올랐다.

성준은 자신의 일행에게 다시 아까의 작전을 다시 부탁할까 생각해 보다가 바로 취소했다. 한 번 당한 작전에 두 번 당할 것 같지도 않고 보스 몬스터가 방어력이 약해진다고 해도 자신의 방어력이 훨씬 약했다. 광역 공격을 하면 자신도 피해를 입게 될 것 같았다.

보스 몬스터는 자신이 끝장을 내야 했다. 성준은 팔목을 힐끔 보았다. 영기가 차오르고 있었다. 방금 생각난 깨달음을 써먹어 볼 때가 온 것 같았다.

성준은 접근하는 주위 몬스터를 향해 절단강화를 건 검을 휘둘러 베어버리고 보스 몬스터를 향해 걸어갔다.

보스 몬스터는 자신을 향해 걸어오는 성준을 보더니 자신도 성준을 향해 걸어갔다.

성준은 속으로 쾌재를 불렀다. 보스 몬스터를 속이는 데 성공했다. 영기를 채울 시간을 번 것이다.

보스 몬스터와 성준은 10미터 정도까지 서로 접근했다. 성준의 주위에 몰려들던 몬스터들은 보스 몬스터가 다가오자 후다닥 물러서서 주위를 둘러보고 성준의 일행을 향해 달려들었다.

자신의 일행이 일반 몬스터를 잡아주어서 성준이 보스 몬스터와 상대할 수가 있는 것이다. 일행이 없었으면 일반 몬스터를 상대하다가 벌써 죽었을 것이다. 성준은 일행의 도움에 보답해야 했다.

'바로 지금.'

성준은 능력을 사용해서 발뒤꿈치로 땅을 툭 쳤다. 성준은 보스에게로 쏘아졌다. 그리고 바로 반대편 발로 땅을 박찼다.

그렇게 고속이동을 발휘하며 성준은 달리기 시작했다.

보스 몬스터의 몸이 흐릿하게 보이기 시작했다.

성준은 감각을 최대로 활성화해서 보스의 위치를 찾고 몸의 이동을 제어했다.

성준은 고속이동을 사용하는 와중에 겨우 감각에 잡히는 보스 몬스터를 향해 움직였다.

성준의 모습도 마구 흔들려 보이기 시작했다. 성준의 머리는 터지기 일보 직전이었다. 보스의 위치를 파악하고 몸이 튕겨져 나가는 방향으로 발을 땅에 대고 밀어 방향을 바꾸는 등의 모든 일을 엄청난 속도로 처리하고 있었다.

보스 몬스터는 시간 가속 속에서 자신의 움직임을 따라오고 있는 성준을 신기하게 바라보았다. 자신처럼 부드럽게 움직이는 것이 아니라 뭔가 뚝뚝 끊어지지만 어쨌거나 자신을 따라붙고 있었다.

성준은 감각이 느껴지는 보스 몬스터의 위치에 절단강화가 걸린 검을 내질렀다. 가속의 부하가 걸린 온몸이 비명을 지르고 있었다. 검이 보스 몬스터의 허리를 가르면서 지나갔다.

성준이 검이 빠져나가면서 피가 튀는 것을 기뻐하는 사이,

보스 몬스터가 성준의 몸을 향해 주먹을 휘둘렀다. 성준은 피하려고 했으나 더 이상 남아 있는 영기가 없었다. 보스 몬스터는 성준의 몸을 주먹으로 강타했다.

"컥!"

성준은 한쪽 팔로 막았지만 그대로 팔이 부러지는 것을 느끼면서 정신을 잃었다. 보스 몬스터도 허리를 한 손으로 잡고 있는데 손 사이로 핏물이 비치고 있었다.

성준은 상당히 멀리 튕겨져 나가 몬스터들 사이에 떨어지고 있었다. 그동안 강화된 몸이 아니었으면 벌써 죽었을 것이다. 몬스터들이 성준이 기절한 채 떨어지는 모습에 밑으로 모여들었다.

몬스터들 사이에 한 사람이 스며들었다. 그리고 몬스터들의 관절에 칼이 스쳐 지나갔다.

그리고 성준이 바닥에 떨어졌을 때 수리는 성준을 받아낼 수 있었다. 전에 창으로 성준을 날려 버린 것처럼 이번에는 검을 성준에 몸에 대더니 부드럽게 검을 움직여 성준을 받아냈다.

그녀의 주변 몬스터들은 관절이 끊어져 비명을 지르며 나뒹굴고 있다.

그녀가 성준을 지키고 있을 때 다른 일행이 진형을 갖추고 그녀에게 이동하는 데 성공했다. 그리고 하은이 필사적으로 성준을 치료했다.

보스 몬스터는 그 모습을 보면서 자신의 옆구리에 한쪽 손을 올려 피를 멈추게 했다. 다희와 헤라가 능력을 사용해 쇠뇌로 보스 몬스터를 공격해 보았지만 보스 몬스터는 귀찮다는 듯이 다른 한 손을 들어 공격을 막아버렸다.

성준은 하은의 치료에 정신을 찾았다. 성준은 정신을 찾자마자 보람에게 말했다.

"영기회복석이 필요해. 영기 양에서 감당이 안 돼."

보람은 바로 안쪽의 주머니에서 영기회복석을 꺼내서 성준에게 주었다. 살아남는 것이 우선이었다. 성준은 회복석을 받고 몸을 일으켜 보스 몬스터를 보았다. 보스 몬스터도 성준을 노려보고 있었다. 보스 몬스터는 이제 성준에게만 관심을 보였다.

성준은 보스 몬스터를 향해 움직이려다 휘청거렸다.

"어라?"

울상이 된 하은이 성준에게 말했다.

"치료가 잘 안 먹혀요. 상처는 치유된 것 같은데."

성준은 하은에게 괜찮다는 표정을 지어 보이곤 보스 몬스터를 향해 움직였다.

"제가 필요하면 달려가겠습니다."

수리가 옆을 지나가는 성준에게 말했다. 성준은 고개를 끄덕이고 보스를 향해 걸어갔다. 그리고 잠깐 뒤를 보고 말했다.

"지금부터 상당한 고속 전투가 될 테니 모두 이곳에서 멀어지세요."

성준은 일행의 모습을 눈에 담고 보스 몬스터를 향해 움직였다.

보스 몬스터는 옆구리를 잡고 있던 손을 빼서 팔짱을 끼고 성준을 기다리고 있었다. 간만에 흥겨운 상대였다.

그동안 던전을 지키느라 무척이나 지루했다. 그래서 이번 기회를 놓치면 후회할 것 같았다. 어차피 영기화시킬 인간들, 좀 더 즐기다 죽이면 좋을 것 같았다.

보스 몬스터는 좀 더 흥겨워진 기분으로 성준을 기다렸다.

성준은 굳은 표정으로 보스 몬스터에게 다가갔다. 보스 몬스터가 왜 기다려 주는지는 모르겠지만 다행이었다.

방금 전에 사용한 이동 능력은 성준의 몸에 과부하를 주고 있었다. 고속이동을 하면서 실시간으로 정보를 분석하고 그 이동 속도를 몸으로 때우고 있는 상황이다. 육체적으로 피로한 상황이니 치료 능력이 안 먹는 게 당연했다.

아마 몇 분 정도가 이 몸의 한계일 것 같았다. 하지만 물러설 수도 없었다. 좀 전에 슬쩍 본 통로 쪽은 이미 몬스터들로 가득 차 있었다.

'다음부터는 좀 편하게 하자. 보스존은 한동안 들어올 생각을 말아야지.'

잡생각을 떨쳐 버린 성준은 몸에 힘을 주고 고속이동 능력을 사용했다. 보스 몬스터도 염소 얼굴이 씩 웃더니 흐릿하게 사라졌다.

성준은 감각을 최대한으로 올려서 보스 몬스터가 움직이는 모습을 파악했다. 그리고 고속이동 능력을 사용해서 보스 몬스터의 움직임을 쫓아갔다. 성준의 악문 이 사이로 피가 보였다.

보스 몬스터는 성준이 따라오는 모습에 즐거움을 느끼면서 이동하는 몸을 급격하게 멈추어 다가오는 성준을 향해 주먹을 내질렀다.

성준은 가까스로 주먹의 움직임을 파악했다. 성준은 다른 쪽 손으로 허공을 짚어 내질러지는 주먹 옆으로 몸을 피했다. 그리고 피하면서 검을 팔에 대고 그었다.

끼기긱!

검은 철판 위에 긋는 소리를 내면서 보스 몬스터의 팔을 스쳐 지나갔다.

성준은 이번엔 독 능력을 사용한 검으로 공격해 보았다. 역시 독을 사용한 공격은 약화된 피부에도 상처를 낼 수가 없었다. 성준은 양쪽 다리를 박차면서 보스 몬스터와의 거리를 벌렸다.

보스 몬스터는 머리를 갸우뚱하더니 다시 성준에게 덤벼들었다. 가속화된 보스 몬스터의 움직임에 풍압마저 느껴지는 것 같았다.

성준은 영기회복석을 입에 넣고 보스 몬스터 위로 뛰었다. 계속해서 감각을 활성화하고 있으니 성준은 뒷목에 핏줄이 올라오고 눈에는 실핏줄이 터지기 시작했다.

보스 몬스터는 위쪽으로 떠오른 성준을 바라보면서 자신도 위로 뛰어올랐다. 성준의 붉게 된 눈이 기광을 발했다.

성준은 밑에서 성준을 향해 뛰어오르는 보스 몬스터를 향해 허공 도약을 사용해서 내리꽂았다. 밑에서 올라오던 보스 몬스터는 눈앞으로 다가오는 성준을 향하여 주먹을 내질렀다.

성준은 검을 쥐지 않은 손으로 능력을 사용해 허공을 후려쳐서 보스 몬스터의 주먹을 피했다. 그리고 보스 몬스터와 교차하면서 검을 밑으로 내리그었다.

위로 떠오르던 보스 몬스터의 가슴에서 피가 튀어 올랐다. 성준은 눈앞에 다가오는 바닥을 보면서 능력을 사용해 손을 내질러 보았지만 그대로 바닥과 충돌하고 말았다.

쾅!

성준은 쓰러진 몸을 일으켜 세우려고 땅에 손을 짚었다. 팔에서 엄청난 고통이 올라왔다. 금이 간 모양이다.

"제길."

성준은 신음을 삼키고 검으로 땅을 짚어 몸을 일으켰다. 반대편에서 보스 몬스터가 한 손으로 가슴을 지혈하면서 몸을 일으키고 있다.

성준은 일행을 돌아보았다. 그쪽도 만만치 않았다. 재식은 몇 번이나 쓰러졌는지 가슴이 피로 범벅이었다. 그리고 호영은 나무를 쏘아내면서 손을 벌벌 떨고 있고, 다른 여성들은 이미 화살이 떨어져서 창으로 몬스터와 상대하고 있었다.

하은은 다희가 다쳤는지 치료하다가 영기가 부족해 실패한 모양이고, 정 교관은 능력도 사용하지 못하고 창을 지르고 있었다.

다만 그 가운데에서 수리만이 침착하게 몬스터를 또 한 마리 베어냈다. 그리고 신뢰의 표정으로 성준은 한 번 바라보고는 다시 다른 몬스터를 상대했다.

성준은 금이 간 팔을 힐끗 보더니 보스 몬스터를 바라보았다. 온몸에 느껴지는 열기에 고통은 느껴지지 않았다.

보스 몬스터는 이제 재미가 없어졌다. 고통이 너무나 심해

그만 끝내기로 했다.

보스 몬스터는 다시 달려오는 성준을 바라보더니 양손의 주먹을 쥐었다. 그리고 성준을 향해 양팔을 내질렀다.

펑! 펑! 펑!

성준은 보스 몬스터가 주먹을 쥐자 바로 영기회복석을 먹고 감각을 활성화했다. 그리고 보스 몬스터가 팔을 내지르자 능력을 사용해서 피하기 시작했다.

보스 몬스터의 양팔 권기 공격은 계속 이어질 것 같았다. 보스 몬스터의 공격에 의해 사방으로 날려가는 몬스터들이 보였고, 성준 일행도 보스 몬스터의 공격을 피해 반대편으로 달려나고 있었다.

성준은 이동 능력을 사용해서 필사적으로 피하다가 영기회복석이 몇 개 안 잡히자 승부를 걸기로 했다.

성준은 검에 독을 걸고 보스 몬스터가 날려 보내는 기운 사이로 뛰어들었다. 가슴의 상처에 검을 꽂아 넣을 수만 있다면 보스 몬스터를 끝장낼 수 있을 것 같았다.

기운은 성준의 피부를 뜯어내서 피를 뿜어냈지만 성준은 아슬아슬하게 기운 사이를 지나가는 데 성공했다.

보스는 눈앞으로 다가온 성준을 보고도 걱정하지 않았다. 튼튼한 자신의 몸을 믿었다. 보스 몬스터는 다시 주먹을 내지르려고 하다가 성준의 칼이 녹색으로 빛나는 것을 보았다.

보스 몬스터는 얼굴빛이 바뀌면서 시간 가속을 사용해 뒤로 뛰었다. 성준은 보스 몬스터의 표정에서 독날이 들킨 것을 파악했다. 하지만 이대로 결판을 지어야 했다. 몸이 말을 안 듣기 시작했다.

성준은 절단강화로 검의 능력을 전환하면서 허공을 박차 보스 몬스터를 따라붙었다.

보스 몬스터는 추격해 오는 성준을 보고 자존심에 상처를 입었다. 물러서지 않고 승부를 보기로 했다. 보스 몬스터는 한 손으로 가슴을 가리고 다른 주먹으로 성준을 후려쳤다.

성준은 팔에 금이 가서 발을 살짝 땅을 박차 주먹을 뛰어넘으려고 했다. 하지만 영기가 부족했다.

성준은 보스 몬스터의 주먹에 다리를 얻어맞았다. 다리뼈가 박살나는 느낌이 든다. 다리를 얻어맞은 성준은 공중에서 보스 몬스터의 머리 위로 몸을 회전했다.

머리가 아래로 떨어지면서 눈앞에 보스 몬스터의 뒷머리와 목이 보였다. 성준은 최후의 힘을 다해 검을 휘둘렀다. 검은 보스 몬스터의 목을 반쯤 가르다가 멈추었다. 검도 영기가 떨어진 것이다.

성준은 무언가가 자신을 후려치는 것을 느끼면서 뒤로 팅

겨 나갔다. 정신이 어질어질했다.

성준의 눈앞에 보스 몬스터가 목을 반쯤 잘린 채로 성준의 검을 매달고 오고 있다.

'보통의 생물이면 이미 죽었을 텐데.'

성준은 어이가 없었지만 이대로 포기할 수는 없었다. 손으로 주머니를 잡았다. 영기회복석을 써서 이 자리를 피할 생각이다. 하지만 손에 잡히는 것이 아무것도 없었다.

보스 몬스터가 다가오더니 성준에게 말했다.

"네게 남은 재주가 또 있느냐?"

보스 몬스터는 생전 처음 듣는 언어로, 그리고 바람 빠지는 목소리로 성준에게 말했다.

성준은 감각을 활성화하려고 했으나 실패했다. 이제 한계인가 보다. 성준은 주위를 둘러보았다. 보스 몬스터의 목에 걸려 있는 자신의 검을 보니 무척 아쉬웠다.

성준은 일행을 바라보았다. 일행은 그나마 통로 쪽으로 잘 피해 있었다. 그리고 마지막으로 이곳에서 만난 아름다운 가디언을 보았다.

수리도 그때 성준을 보고 있었다. 아직도 수리는 성준을 신뢰의 표정으로 바라보고 있었다.

'아, 남은 것이 하나 있군.'

성준은 주먹을 쥐기 시작한 보스 몬스터를 바라보며 말

했다.

"남은 재주가 하나 있어."

성준은 덜덜 떨리는 손으로 보스 몬스터를 가리켰다. 보스 몬스터는 움찔하면서 긴장했다.

그리고 보스 몬스터 뒤에 검은 연기가 뭉쳐졌다. 성준은 가디언을 소환했다.

"내 아름다운 가디언이 남아 있었어."

보스 몬스터는 목에 박힌 검을 누가 잡는 것이 느껴졌다. 보스는 급하게 시간 가속을 몸에 걸었다.

하지만 수리는 검을 잡고 부드러운 움직임으로 보스 몬스터의 목을 잘라냈다. 보스 몬스터의 목이 하늘을 날았다.

그리고 보스 몬스터가 땅에 쓰러지고 검은 연기가 되어 성준과 수리에게 흡수가 되었다.

성준은 겨우 상체만 들어서 수리를 바라보았다. 검은 머리를 휘날리며 서 있는 수리에게 검은 연기가 휘감겨 들어가는 모습은 슬프고도 아름다웠다.

수리는 몸으로 들어오는 영기를 느끼다가 바닥에 떨어진 구슬을 보고 주웠다. 그리고 깜짝 놀란 얼굴로 성준을 바라보며 성준에게 뛰어왔다.

그때 던전을 울리는 소리가 있었다.

[던전이 완료되었습니다. 던전이 초기화합니다. 던전 입구가 초기화됩니다.]

성준은 좀 쉬어야겠다고 생각했다.

『몬스터홀』 4권에 계속…

내일을 향해 쏴라

김형석 장편 소설

FUSION FANTASTIC STORY

1만 시간의 법칙!
'성공은 1만 시간의 노력이 만든다'는 뜻이다.

그러나…
사회복지학과 복학생 수.
전공 실습으로 나간 호스피스 병동에서
미지와 조우하다.

1만 시간의 법칙?
아니, 1분의 법칙!

**전무후무한 능력이 수에게 강림하다!
맨주먹 하나로 시작한 수의
인생역전이 시작된다!**

Book Publishing CHUNGEORAM

전혁 新무협 판타지 소설
FANTASTIC ORIENTAL HEROES

왕후장상

『월풍』, 『신궁전설』의 작가 전혁이 전하는
유쾌, 상쾌, 통쾌 스토리, 『왕후장상』!

문서 위조계의 기린아 기무결.
사기 쳐서 잘 먹고 잘살던 그에게 날벼락이 떨어졌다.
바로 녹슨 칼에서 나온 오천만 냥짜리 보물지도!

기무결에게 내려진 숙제,
오천만 냥을 찾아라!

그러나 꼬인 행보 끝 도착한 곳은 동창의 감옥이었으니······.

"으아악! 이게 뭐야!! 무림맹이 왜 여기 있는 거야!"

천하제일거부를 향한 기무결의
끝없는 도전이 시작된다!

용마검전

FANTASY FRONTIER SPIRIT

김재한 판타지 장편 소설

「폭염의 용제」, 「성운을 먹는 자」의 작가 김재한!
또다시 새로운 신화를 완성하다!

『용마검전』

사악한 용마족의 왕 아테인을 쓰러뜨리고
용마전쟁을 끝낸 용사 아젤!

그러나 그 대가로 받은 것은 죽음에 이르는 저주.
아젤은 저주를 풀기 위해 기나긴 잠에 빠져든다.

그로부터 220년 후……

긴 잠에서 깨어난 아젤이 본 것은
인간과 용마족이 더불어 살아가는 새로운 세상이었다.

Book Publishing CHUNGEORAM

- 튜브이 아닌 자유추구 -
WWW.chungeoram.com

허담 新무협 판타지 소설

FANTASTIC ORIENTAL HEROES

검은별

하늘아래 모든 곳에 있고,
결코 사라지지 않는다.

세상은 그들을 멸시하지만,
세상의 모든 야망가가 은밀히 거래한다.

선과 악이 어우러지고,
어둠과 밝음이 서로를 의지하듯
세상의 빛 그 아래 존재하는 자들.

무수한 별이 빛을 잃어 어둠을 먹고사는
검은 별이 되어 살아가는,
그리하여 세상 모든 사람이 두려워하는…

그들은 유령문이다!

Book Publishing CHUNGEORAM

메디컬 환생

유인(流人) 장편 소설

FUSION FANTASTIC STORY

Medical return

연재 사이트 베스트 1위!
어디에서도 볼 수 없었던 천재 의사가 온다!

『메디컬 환생』

언제나 실패만 거듭해 온 의사 진현,
그런 그에게 찾아온 인연의 끈이 있었으니.

"다시 삶을 살면… 어떤 삶을 살고 싶으신가요?"

다시 한 번 주어진 인생
이번엔 반드시 성공하리라!